わたしの神様
小島慶子
幻冬舎

わたしの神様

目次

装丁　坂川栄治＋坂川朱音（坂川事務所）
装画　結布

第一章

私には、ブスの気持ちがわからない。

胸元のマイクを直す音声担当の女を見下ろしながら、まなみは思った。この人だって、もっと顔がきれいだったら、こんな男みたいな裏方仕事、しないで済んだだろうに。男と張り合うよりも、可愛《かわい》がられた方が得だ。それが望めない女だけだ、男と対等に働きたいなんて負け惜しみを言うのは。

この女もどうせ、収録後に安酒場で仲間と好きなことを言っているに違いない。今年の新人アナは生意気だとか、あの子は最近いい気になっているとか。平凡な容姿に生まれた人は、どうして私たちを容姿がいいというだけで、高慢ちきな嫌な女だと決めつけるのだろう。

この顔は、私が選んだわけじゃない。足の速い子が練習してもっと速くなってメダルをとると賞賛されるのに、なんで顔のいい子が努力してもっと可愛くなって人前に出ると、調子に乗っているとかナルシストとか言われなくちゃならないのだろう。不細工に生まれたからって、容姿のいい人間のことをどう言ったって構わないっていう特権を手にしていると思わないで欲しい。

あんたがブスなのは、私のせいじゃない。

まなみの丸い乳房の間でピンと張った衣装の布地をつまみ上げながら、必死に安全ピンを留めようとしている女の頭からは、皮脂の臭いがした。姉と同じだ。あの人もいつもべたついた髪をいじった指で眼鏡を触るものだから、レンズが虹色に曇っていた。


「まなみちゃん、今日も頼むよ」

プロデューサーの酒井が声をかけた。また小花柄のシャツを着ている。今日のは白地に薄紫だ。先週まなみが褒めたから、きっとしばらくはいろんな小花柄を着て来るだろう。

「ヨシカツさん、いつもおしゃれですね」

ときどき通称で呼ぶのは、それがスタッフの習慣だからだ。特に親しみを感じているわけではない。妻がアイロンを当てたのだろう、安い綿生地が押し詰められて波打ち際のようになっているシャツの襟先を眺めながら、まなみはさも感心したように言って、微笑《ほほえ》んだ。酒井は照れながら何か言っている。

スタジオの入り口に司会の沢登《さわのぼり》よしあきが現れたのを見ると、まなみは足早に近づいて、いつも通り丁寧に頭を下げて挨拶をした。コメディアン出身の人気司会者・沢登は、俺は学がないから高学歴のお嬢様に弱い、と公言している。アシスタントを務める局アナのまなみをことあるごとに大げさに持ち上げるのは、庶民派をアピールするための演技だ。カメラのない場所での沢登は、権威主義の神経質な男だった。

「ああ、よろしく」

まなみを見ないで挨拶を返した沢登の今日の出で立ちは、仕立てのいい紺のジャケットに、地柄の織り出された高価そうな白シャツと渋い金色のネクタイ。胸元にはトレードマークのフクロウのブローチがつけられている。テレビ画面ではよくわからないが、ダイヤモンドを使った特注品だ。税金対策でスタイリストにした妻が、毎日コーディネートを決めている。

はじめはいかにも世間知らずの主婦という感じだった沢登の妻は、夫の番組が視聴率を上げるにつれて態度が横柄になり、セットや共演者の衣装にまで口を出すようになった。

「私は主人の総合プロデューサーなんですの」

成り上がった夫の威光ですっかりプロ気取りの妻に周囲はうんざりしていたが、まなみは気に入られていた。相手が一番言って欲しそうなことを言えば、人心掌握なんて簡単だ。

「どうしたらこんなに素敵なコーディネートができるのか、ぜひ私にも教えてください！　私はお洋服のこと、よくわからなくて……。それにしてもここだけのお話ですが、おしゃれのセンスにかけてはさすがの天才司会者・沢登よしあきさんも、奥様の足元にも及びませんね」

　全国で人気ナンバーワンの局アナと言われる仁和《にわ》まなみが、自分に気に入られたがっている……得意になったにわかスタイリストは、会うたびにまなみにファッション指南をするようになった。そのたびに感激してみせるまなみには、彼女の自尊心がくすぐられるのが手にとるようにわかる。主婦なんて、あなたは特別だって一言言ってやれば舞い上がるんだから、簡単なものだ。可哀想《かわいそう》な人たち。下着一枚ですら、人のお金で買わなくちゃならないのだから。

「今日は料理コーナーの拡大版だからね、まなみちゃんのファインプレイ、待ってるよ」

　酒井がおどけた声で言う。暗にわざとドジをしろと言っているのだろうが、そんな安い演出に踊らされるのはまっぴらだ。まなみは聞こえなかったふりをする。スタジオの空調で冷えたのだろうか、まなみの機嫌をとろうと近寄って来た酒井の首には、薄紫色の麻のスカーフが巻かれている。使い古しのボディタオルみたいだ。雑誌の真似《まね》をして、妻が近所で安く見繕ってきたのだろう。プロデューサーと言ったって制作会社の人間なんだから、手取りは高が知れている。まなみは相手を軽んじていることを悟られないよう、用心深く視線を上げた。

「私、もうこの番組6年目ですよ。ちゃんと料理の腕を上げていますから、信用してください！」

「ごめんごめん、まなみちゃんも、もうベテランだもんな」

「ちょっと、ベテランじゃないですよ！　まだ27ですから」

ふくれてみせたまなみだが、ちゃんと要点は心得ている。男性に圧倒的な人気を誇る20代の女子アナが主婦向けのワイドショーで嫌われずにいられるのは、平凡な女に見えるように心がけているからだ。

オムレツをひっくり返すのにしくじったり、刻んだネギが繋《つな》がっていたり。誰にでも経験があるような失敗だが、まなみは生放送で料理研究家の指示通りに一生懸命料理を作り、たまに失敗をしては悔しがった。それが「人気女子アナなのに飾らない」と評判になったのだ。酒井が期待しているような、一昔前に流行《はや》った天然ボケという安い芝居は、今や女性視聴者に嫌われるだけだ。つまらないごく普通の女でいることが、主婦の反感を買わずにいる最善の方法だとまなみは知っている。

男を味方につけたら、あとは女に嫌われないようにすればいい。好かれなくたって、嫌われさえしなければいいのだ。テレビも雑誌も、作っているのは所詮は男なのだから。男に気に入られれば、目をかけて引き上げてもらえる。誰がその力を持っているのかを見極めることが、肝心なのだ。

表紙で笑っている仁和まなみを見ないようにしながら、佐野アリサは週刊誌を開いてコピー機に載せた。吐き出された紙には、太字の見出しで「誰も教えてくれない予防接種の真実」と書かれた記事が印刷されている。子どもを産んだら、たくさんの予防接種を受けさせなくてはならないと知った。どれくらいのリスクがあるのか、知っておかなくては。母親たちの不安を取材して、専門家にぶつけてみようか。母親ならではの視点で取材できるのは、私だけなんだし。しばらく報道班には戻れないとわかっているのに、こんなことを考えてしまうなんて、私は根っからのキャスター気質だわ……アリサは自分に惚《ほ》れ直すと、コピー機から週刊誌を取り出し、裏表紙を上にして閉じた。最新号置き場には戻さずに、バックナンバーと書かれた下部の引き出しに放り込む。がしゃん、と重い音を立てて引き出しが閉まった。いつもは反動で少し開くのだが、今日は一度でぴたりと閉じた。

軽い足取りでデスクに向かうと、アリサは机の整理の続きを始めた。

「佐野さん、育休明けたらまた戻って来るんだからそんなにきれいにしなくたって。それとも、これを機にフリーに、なんて考えてるんですか?」

庶務の金井《かない》祐人《ゆうと》が弁当から顔を上げて尋ねる。

「やめてよ、そんな度胸も根性もないわよ。だいたい、二桁いったら終身刑よ」

「何ですか、それ」

「10年以上会社にいたら、もう辞められないってこと。正確に言うと、それまでに芽が出なかったら、フリーなんて無理ってことね」

「ふうん。そんなもんですかねえ」金井は弁当に視線を戻すと、再び精力的に食べ始めた。

「そうよ、玉名小枝子《さえこ》ちゃんも浅井香織ちゃんもみんな、たった5年とか7年しか会社にいなかったのよ。最初から長くいるつもりもなかったんでしょうけど」

アリサはかつての同期の名前を挙げた。女3人で入社した同期アナウンサーのうち、12年経《た》った今でも会社に残っているのは、アリサだけだ。さっき引き出しの奥から、新人研修の集合写真が出てきたのを足元の紙袋に放り込んだばかりだった。あとでまとめてシュレッダーにかけよう。

「でも、二人とも最近あんまり出てないですねえ。僕はテレビをそんなに見ないので詳しくないですけど。あ、でも佐野さんのニュースは毎週見てますよ。おめでたいことですけど、交代は残念です」

「ありがとう。復帰したらまた報道班に戻りたいって、部長にもお願いしているの」

毎週土曜の夕方6時からのニュース番組「ウィークエンド6《シックス》」は、アリサがキャスターになってから7年になる。視聴率が振るわなくなったのでそろそろ終了かと噂《うわさ》されていたが、ちょうどアリサの産休を機にキャスターの交代が決まった。アリサにしてみれば、出産という大義名分ができて、数字が落ちて降板という屈辱を味わわずに済むのが救いだったが、後味は悪い。だから若くしてフリーになった同期の女たちを最近はあまり見かけない、という金井の言葉に少し気をよくした。

アイドル顔負けの容姿でバラエティー番組を席巻した小枝子、揃《そろ》えて流した足がセクシーだとスポーツニュースで大人気だったモデル出身の香織。二人とも20代でもて囃《はや》されて、いくつもレギュラー番組を持った。アリサが深夜放送のチャリティー朗読会の収録で全国を回っていた頃だ。その後、二人は人気のピークで会社を辞めた。

「それにしても、二人とも華やかよね。小枝子ちゃんはあの朝ドラの素敵な俳優さんと結婚したし、香織ちゃんは今、ニューヨークなんでしょ。羨ましいわ」

羨ましいというのは嘘《うそ》だ。朝の連続ドラマで人気だった若手俳優と電撃結婚した小枝子だったが、その後、夫の名前はあまり見かけない。地方で病院を経営する小枝子の実家が夫婦の生活を支えているとか、すでに別居状態だという噂もある。

アナウンス部に誰もいないとき、アリサは週刊誌のゴシップ記事を丹念に読む。本当は小枝子の夫のフルネームだって知っているし、香織が妻子持ちの野球選手と不倫して、渡米したのを追いかけてまで執着しているらしいという記事も先週読んだばかりだ。ほら見ろ、と思った。勘違い女の末路は哀れだ。

弁当を食べ終えた金井は、お茶を飲みながら話題を変えた。

「テレビ太陽のアナウンサーで産休とる人、佐野さんが初めてなんですよね？　臨月までニュースを読むキャスターなんて、ほとんどいないんじゃないですか？」

アリサはいとおしそうにお腹《なか》を撫《な》でて微笑んだ。

「ワークライフバランス、って知ってる？　私はね、仕事ばっかりじゃなくて、家庭も大切にしたいの。子育てを通じて社会と繋がることも重要だと思っているのよ。家庭か仕事か二者択一なんていう時代じゃないし、どっちも価値のあることですもの。子育てに集中する時期は、思い切って休むことも必要だと思うわ。

それにね、そうやって初めて見えてくるものもあるでしょう？　ほら、マスコミはろくに家にも帰らない、生活感のない人ばっかりだから、ニュースが視聴者の感覚とずれてしまっているのよ。この間、冷凍食材を使う料理を手抜き扱いする特集を見て、驚いたわ。作った人は、今の冷凍技術も、主婦の忙しさも知らないのね。

うちの報道のディレクターなんて、何でも奥さんまかせの男性か、自分のことしか考えていない独身女性ばかりよ。毎日ご飯を作る大変さを知らないの。ニュースにこそ、生活感が必要なのにね」

同期入社の報道ディレクター、立浪《たつなみ》望美の顔を思い浮かべながら、アリサはすっかり主婦代表のような気持ちになっていた。寄る辺ない独身女と、基盤のある選ばれた女。私はまっとうな女だ。望美が34歳の今も結婚していないのは、まだどこかに自分にふさわしい男がいるとでも思っているからだろう。どこまで自分を買いかぶっているのか。

アナウンサー試験の最終面接で一緒だった望美は、アリサの父親がアメリカ人だと知るとこう言った。

「最近はそんな人も珍しくないから厳しいわね。昔はハーフってだけですぐ採用だったらしいけど……ま、ハーフもいろいろだし。

ねえ知ってる？　あなたみたいに日本人っぽい顔の子は、ハズレハーフって言うんですって。ひどいわよね。その上英語もできないんじゃ、ほんとにハズレ扱いされかねないけど、頑張ってね」

化粧室で二人きりになったときに、鏡越しに言われたのだった。こんな安いドラマに出てきそうな女、ほんとにいるんだ……とアリサは驚愕《きょうがく》した。どうやったら、あんなに無神経で強靭《きょうじん》な自意識が育つのだろう。

しかし望美はアナウンサー試験の最終面接で落ちて、記者採用で入社した。花形の政治部に配属されると、美人で頭がいいと政治家に気に入られ、上司の覚えもめでたかったが、若くしてスクープをとったのは女の武器を使ったからだと男性記者に陰口を叩《たた》かれた。それが理由か、夕方のニュース番組に異動させられてからは地味なミニコーナーの担当になって落ち込んでいると聞いて、アリサはいい気味だと思っていた。だが、やがて年次が上がってディレクターを任されるようになると、望美はナレーション読みやリポーターなどでアリサたちを起用する立場になったのだ。

かつての復讐《ふくしゅう》をするかのように、望美は女子アナたちを見下した。ほんと、嫌になるわ。顔しか能のないバカ女たち。佐野なんて、英語も喋《しゃべ》れないくせに中途半端なガイジンなもんだから、厄介よね。あんなに地味じゃ使いようがないわよ。せめてオヤジ転がしのセクシーニュースでもやってくれたら数字がとれるのにさ。

望美は帰国子女で、英語とフランス語が喋れる。アナウンサー試験のときも、それを売りにしていた。アリサの父親は日本語専攻の留学生として来日してから日本人と結婚し、そのまま研究者として大学に残ったので、一家は海外で暮らすこともなく、家の中でも完全に日本語の生活だった。中途半端なガイジンという揶揄《やゆ》に、アリサは返す言葉もなかった。

望美の流した不倫の噂のせいで仕事を干された若い女子アナもいたし、アリサも何回となく会議で無能扱いされた。女の敵は女だ。男は言うことを聞いていればやり過ごせる。でも女は、狙いを定めたら周到に戦略を練って、終わりのない嫌がらせを仕掛けてくる。しかも厄介なことに、自分にはそうする権利があると思っているのだ。悪意を正当化する女ほど手のつけられないものはない。

アリサは少しお腹が張ってきたのでゆっくりと腰を下ろしながら、高いジャージー素材のワンピースにぴったりと覆われている望美の細い腰を思い出していた。

「ワークライフ?……ですか。やっぱ佐野さん、意識高いっすね。そう言えば、佐野さんの番組、仁和さんが引き継ぐんですよね。いきなり『週刊太陽』の表紙になったからびっくりしましたよ。すげー話題だし。でもここだけの話、僕はやっぱりニュースは佐野さんじゃないと落ちつかないです。じゃ、ちょっとメール室見てきますね」

自分が何気なく言った一言で、アリサが作り笑いに苦労していることに気付かず、金井は軽く頭を下げるとひょこひょこと部屋を出て行った。

「6月から佐野が産休に入るので、後継キャスターに仁和まなみを起用する」

毎週恒例の会議でプロデューサーの藤村がそう発表したとき、若手のスタッフの中にはおっ、という顔をして目配せをする者たちもいた。まなみはスタッフ受けがいい。人気者となってからもスタッフへの気配りを忘れず、目が合えばえくぼを見せてニコッと笑うのでファンが多いのだ。

「まなみは、佐野の何年後輩だっけ？」

藤村は、そんなスタッフの反応に複雑な思いでいるアリサに尋ねた。藤村はまなみを採用のときから高く評価し、入社してからもなにかと機会を作っては目をかけている。かつて朝の情報番組で人気アナウンサーを何人も育てた藤村は社内の敏腕スカウトマンのような存在で、男女を問わず、藤村に起用してもらおうとする局アナが多い。アリサは、藤村がことあるごとにまなみの話をするのが面白くなかった。

今回の交代だって、藤村が決めたことだ。アリサは育休が明けたら番組に戻りたいと希望したのに、聞き入れられなかった。子持ちは現場が気を遣うから勘弁してくれ、とはっきり言われたのだ。子どもが熱出したりいろいろあるだろ、正直使いにくいんだよ、と。

「7期下です。彼女、今年で28だと思います」

「おいおい、年は言わなくてもいいのにネガティブキャンペーンかよ」

藤村は悪ふざけを言ったつもりだが、アリサは笑えなかった。

「すみません、彼女、私がこの番組を始めたときと同じ年なので。他意はありません」

「そうかあ、あのとき佐野も20代だったんだなあ。おまえ、今年でいくつ？」

アリサは、こういうときだけ馴《な》れ馴れしくする藤村の計算が嫌だった。女子アナと懇意であることを誇示する男は必ず人前で「おまえ」と呼ぶ。誰もそうとはハッキリ言わないが、テレビ局の社員にとって局アナは、タダで使えるみんなの女だ。女としては高嶺《たかね》の花だが、社員の年功序列では後輩に過ぎない。芸能事務所に気兼ねすることなく起用できるし、社員同士の気安さで呼び捨てにもできる。そんな憧れと見下す気持ちとが相まって、支配欲に変わる。「おまえ」と呼びたがる男はそうやって、こいつは俺の女だというアピールをするのだ。高い女郎を買ったような顔をして。

「35になります」

「じゃあ高齢出産だなあ。まあめでたいことだよ。旦那もいいやつだし、よかったな、アリサ」

私の夫のことなんて、ほとんど知らないくせに。事業部で子ども向けのイベントを企画している邦彦《くにひこ》と藤村に接点はない。浮かれた口調からは、とうが立った地味な女子アナを体《てい》よく厄介払いできることを喜んでいる本音が丸見えだった。

そこへノックの音がして、まなみが入って来た。

「おう、まなみ、お疲れさん」

藤村が手招きする。

「まあ、通常こういうことはしないんだけどさ、まなみが……ああ、仁和くんが場慣れしておくことも大事かと思って、会議に顔出しに来てもらったんだ。まなみ、おまえ、報道で仕事したことないよな」

「はい、今まで残念ながらご縁がなくて……」

藤村に身内めいた視線を送りつつ、敢《あ》えて他人行儀に答えながら、まなみはおずおずとスタッフに挨拶をした。

「みなさま、大事な会議中に突然お邪魔してすみません。6月から産休に入られる佐野先輩から引き継いでキャスターを担当することになります、仁和まなみです」

無神経な引き合わせにアリサは動揺していた。まなみの挨拶を聞きながら、スタッフがアリサの反応を窺《うかが》っている。あとで面白おかしく噂話にするのだろう。

「あの、みなさん、仁和さんは……」頼まれもしないのに紹介役を買って出る。のどがひりついてうまく喋れない。

「……まなみちゃんはとてもいい子で、飲み込みが早いので、安心してくださいね」

「そんな、佐野先輩、ありがとうございます！」

まなみは恐縮した様子で、深々と頭を下げる。書類を抱えた白いシャツの胸元に思わず目がいく。ごく小さなダイヤモンドのついた細い金色の鎖が控えめに光っている。

どうしてそんな服を着てくるのだろうか。会議に顔を出すとわかっているのなら、スーツかワンピースで来ればいい。なのに、なぜデニムに白いシャツなのだろう。髪も緩やかに一つにまとめて、後れ毛を散らしている。化粧を落としてもなお愛くるしい素顔に大きな黒縁の眼鏡をかけているが、目は悪くないはずだ。無造作に抱えた事務用ファイルから資料をたくさんはみ出させて、シャツが汚れるのも厭《いと》わず4つ折りにした新聞紙を持ち歩いている様は、いかにも猛勉強中という印象を与える。

人気アナウンサーの貴重なオフショット。俺たちはこれから、この子の身内になるんだ。まなみと仕事をしたことのない報道局の男たちは、僥倖《ぎょうこう》に色めき立っている。そうなることをまなみはきっと知っていて、この格好でやって来たのだ。黒いマタニティー用パンツにグレーのジャケットを合わせた自分がとても野暮ったく思えて、アリサは苛立《いらだ》った。

「佐野先輩、いろいろ教えてください。どうぞよろしくお願い致します」

深々と頭を下げたまなみは顔を上げると殊勝げにアリサを見つめた。ほら、この人もそうだわ。あの奥二重の目の奥は、私への嫌悪と嫉妬でいっぱいだ。姉と同じ。地味な見た目の女たちは、皆会うなり私を呪う。自分の惨めな容姿への呪いを、私になすりつけようとするのだ。いいわ、引き受けてあげる。だけど、余計惨めになるだけでしょ？　どうやったってあなたには手に入らないものを、私は生まれつき持っているのだから。しかもそれは、誰のことも傷つけずに手に入れたものだ。私はあなたよりも美しい上に、あなたが今胸の内にどろどろとたぎらせている悪意の彼岸で、神様に愛される罪なき女。祖母や、姉や、私を傷つけた女たちは誰も辿《たど》り着くことのできない場所で、無垢《むく》なまま生きていくのだ。ざまあみろ。

「まなみ、ニュースの手ほどきをするとか言って言いよるやつがいたら、すぐに俺に言えよ」

藤村の下卑た冗談にどっと沸いた会議室で、アリサは屈辱に震えていた。なにを言われたわけでもない。だけどどうしてこんなにないがしろにされた気がするのだろう。なにか、とても理不尽な目に遭った気がする。私は何も悪いことをしていないのに、いつもこうなのだ。傷つくのは、いつも私。

部屋を出て行く細い足首に浮き出たアキレス腱《けん》をぱちんと切ったら、あの子は無様に転ぶだろうか。お腹の子がぐるんと回るのを感じながら、アリサはぼんやり考えた。ぱちん。血がたくさん出るだろう。ぱちん。会陰切開の音と同じかな。

まなみの髪は、強い照明に照らされても赤みが出ないように、わずかに灰色がかった栗《くり》色に染められている。あごまでで切りそろえられた豊かな髪が、小柄な顔の輪郭を引き立てている。だが人の目に触れない陰毛はすっかり抜かれて、白い肌に柔らかな産毛が縦に一筋、淡い影を作っているだけだ。

青山夏樹はそれを舌でなぞるのが好きだ。まなみがそうされるのが好きなことも知っている。まどろみから覚めてまた顔を埋《うず》めようとした夏樹を、まなみは押しとどめた。

「もう行かなきゃ」

ゆっくりと身体《からだ》を起こし、鎖骨までたくし上げられたキャミソールを下ろすと、まなみは自分の太ももに預けられた人気作家の形のいい頭を撫でて、満足げに眺めた。

若くして大きな賞を受賞したばかりの青山夏樹は、モデル顔負けの容姿で話題をさらっていた。小説をほとんど読まないまなみは、ワイドショーで連日取り上げられる授賞式の映像を見ただけだったが、20代向け女性誌から対談の企画が持ち込まれたときには、人気ファッション誌の特集ページに登場できる好機と喜んだのだった。

対談後に新作を送ってきた夏樹にお礼のメールを出したら、食事に誘われた。週の半分は夏樹の部屋に泊まるようになって、半年が経つ。

写真週刊誌が気になるが、もし撮られたら「人気女子アナと売れっ子作家」という新鮮な組み合わせは、きっと話題になるだろうとまなみは考えた。相手は野球選手でも、ＩＴ成金でもないのだから、むしろまなみの株は上がるかも知れない。世間の大好きな、金目当てのあざとい女という決めつけを裏切るスクープ。才能に惹《ひ》かれ合う、若く美しい二人。うん、きっと絵になる。

「ごめん、そろそろ時間。もう女子アナスイッチ入れないと」

おどけてみせると、夏樹は声を上げて笑った。

「まなみ、帰り、夜だろ。俺も遅いから、一緒に飯食えそうだったら、外で待ち合わせよう」

涼しげな顔と細身だが均整のとれた身体は、確かに人目を引く。それをことさらに誇るのでもなく、天から受け取ったまま普段使いしている夏樹の大らかさが、まなみには心地よかった。

手早くシャワーを浴びると、柔らかな白いシャツにベージュのパンツを合わせて、小粒のダイヤモンドのピアスをつけた。今日は午後ワイドの料理コーナーのあとに、報道番組の打ち合わせだ。分厚い資料を抱えて、素足にパンプスを履くと、いつものように玄関の鏡で全身をチェックする。

さっきまで夏樹にされていたことの余韻をみじんも感じさせない、画面でお馴染みのまなみスマイル。薄い色の大ぶりのサングラスをかけると、鏡に向かって微笑む。私は女子アナ。いい子のまなみ。

仁和まなみって、いかにも女子アナっぽい名前だよね……新人研修の初日に、確か滝野ルイはそう言った。艶のある声と大人びた眼差《まなざ》し。あの子がいなくなって、正直ほっとした。今の私を見たら、あなたは何て言うかしら。鏡を覗《のぞ》き込みながら、ねえ、いかにもでしょ、とまなみは笑った。

「沢登よしあきの午後ワイド」は、主婦に人気の情報番組だ。いつも通り料理コーナーを終えると、CMの間にまなみは司会席の沢登の横に座った。専属メイクが、しきりに沢登の髪にスプレーを吹きつけている。妻がネクタイを直す。髪型が決まると、沢登は愛用のミントタブレットを口に放り込んだ。スタジオに画面が切り替わると、大げさに眉を上げながら切り出した。

「いやあ、まなみちゃん、最近またまた話題だね」

グッと顔を近づけると、微《かす》かに口臭の混じったミントが香る。

「ニュースキャスターデビューだって？」

「はい、実はそうなんです」

予定通りのやりとりだ。

「驚いたねえ。では、こちらをどうぞ！」

リニューアルする「ウィークエンド6」の番組宣伝が流れ始めた。ヒールを鳴らして歩く足元のアップから舐《な》め上げるカメラ。新しいセットのキャスター席に座ったまなみがアップになる。瞳には、強い光が宿っている。

「あなたの知らない、彼女が伝える」

男性のナレーションに合わせて、番組タイトルが浮かび上がった。

「ウィークエンド、シックス」タイトルコールのまなみの声は、いつになく意志的で、セクシーだった。

画面が沢登とまなみに切り替わる。

「来週の土曜日から『ウィークエンド6』のメインキャスターを務めることになります。みなさん、ぜひご覧ください！」

まなみはにこっと笑う。

「ちょっとちょっとお、まなみちゃん、すごいじゃないの！」

沢登は大仰に驚いてみせた。

「ニュースなんて、初めてでしょ？　だし巻き卵も危うい人が、ちゃんとできるの？」

スタッフの作った笑い声が響く。

「いやいや、さすが名門・栄泉学院大学ご卒業の才媛ですな。お姉様は、なんとパイロット。すごいおうちですねえ。高卒でぶらぶらしていた俺には眩《まぶ》し過ぎるお嬢様！　ま、だし巻き卵は下手だけど！」

スタッフがまた大声で笑った。姉の話はしないでくださいと言ってあるのに。

「初めての報道番組ですが、一生懸命頑張ります」

「それにしても、金曜の午後に下手な料理作ってる子が、土曜の夕方にはニュースキャスターですか。テレビ太陽も、思い切ったもんだね！　頑張ってね、まなみちゃん。おっと、仁和キャスターか」

まなみは、ぱっと口調を切り替えた。

「もう、やめてくださいよ！　失敗した料理、全部沢登さんに食べさせますよ！」

「それだけは勘弁して！」

またＣＭに入った。こんな茶番につき合わされるのも、あと少しだ。まなみは、産休に入る佐野アリサの後任キャスターに決まったのを機に、きりのいいところで午後ワイドを外れることが決まっている。

まなみの姉の里子は、日本の航空会社にはまだわずかしかいない女性のパイロット採用だ。2年前、テレビ太陽の夕方のニュース番組でも取り上げられた。まなみの姉とは知らずに記者が取材したものだ。言われなければ、誰も気付かないだろう。色黒の幅の広い顔に、高い頬骨《ほおぼね》。痩せぎすの猫背の身体。どれもまなみとは正反対だ。里子は妹の話をしない。比べられる屈辱は味わい尽くしている。まなみもまた、姉の話はしない。どうして似ても似つかないのか、人が詮索するのはわかっている。家族の事情は知られたくなかった。

だが午後ワイドのスタッフルームで偶然そのニュースを見ていたディレクターが、まなみに言ったのだ。

「あ、この人まなみちゃんのお姉さんだろ？　うちのかみさんの高校の同級生なんだよね。家に遊びに行ったときにめちゃくちゃ可愛い妹がいてびっくりしたって言ってたよ」

里子は偏差値トップを誇る栄泉学院付属高校で、成績首位の秀才として有名だった。その年の離れたワケありの妹がすごい美少女だということも知らない者はいなかったので、まなみがアナウンサーになったことは里子の同級生たちの間で密《ひそ》かに話題になっていた。

表情を硬くしたまなみを見てディレクターは話題を変えたが、近くにいたプロデューサーの酒井は、後日沢登にそのニュース映像を見せて、とても姉妹とは思えない容姿について、大いに盛り上がったのだった。

沢登は、仁和姉妹の容姿の違いを面白がり、まなみが触れて欲しくない理由も嗅ぎつけたようだった。姉に迷惑がかかるので放送では絶対に触れないでくださいと言ったのだが、まなみの人気が上がるにつれ、打ち合わせでなにかと引き合いに出すようになった。今日、わざと放送で言ったのは、まなみが番組を降板することが面白くない沢登の嫌がらせだろう。

案の定、その日の夜にはネットにまなみの姉のニュース映像がアップされ「沢登よしあきが暴露！　仁和まなみに整形疑惑？　地味すぎる姉の激ヤバ画像」と書き立てられた。

これ以上詮索されたくない。まなみはパソコンの画面を閉じると唇をかんだ。

里子にされたことは忘れない。見た目のいい人間とそうでない人間がいたら、見た目のいい方が強者だと人は勝手に決めつける。私はあの人たちに何もしなかった。なのに会うなり悪者と決めつけられ、どれだけ傷つけたっていいと思われたのだ。この世には二種類の人間しかいない。見た目で人を攻撃する人間と、愛玩する人間。どれだけ勉強したって、誰も見た目からは自由になれないのだ。

さっき夏樹は「俺も賞とったら親戚のこととかあることないこと書かれたけど、どうせすぐ飽きるから放っておけばいいよ」と言ってくれた。きっとそうだろう。ほんとに、みんなすぐに飽きてしまうのだから。そのうち夏樹も私を見慣れてしまうのだろうか。今はあんなに惜しそうに、何度も私を求めるのに。

夏樹がぱちぱちと打ち込むキーボードの音を遠くに聞きながら、まなみはいつまでも眠れずにいた。


スタッフの拍手の中、プロデューサーの藤村から大ぶりのカサブランカの花束を受け取ると、アリサは晴れやかな笑顔を作った。

7年間キャスターを務めた番組を降りるのに、産休に入るという理由はうってつけだった。佐野アリサは、ニュースキャスターから一人の幸福な母親となるために、マイクを外すのだ。祝福の中、温かな拍手に送り出されて。

それがアリサへの最高のはなむけだとスタッフもわかっていた。キャスターとして第一線にいることよりも、やはり女性は母親になることが幸せなのだ。そう信じている体で、和やかにアリサを送り出せることに、誰もが内心ほっとしていた。

一時は打ち切りも噂された「ウィークエンド6」が、仁和まなみを新キャスターに迎えて起死回生をはかる。週末ニュースの定番の復権なるか、アイドルアナはニュースキャスターへと脱皮できるか。今日だけでまなみへの取材が3件。生放送の準備をしながら、藤村は取材対応に追われた。週明けの週刊誌は、挙《こぞ》ってまなみの記事を掲載するだろう。話題作りは万全だ。

アリサの後ろ姿に拍手を送りながら、藤村の耳にはもう、まなみの第一声が聞こえていた。

「こんばんは、仁和まなみです。リニューアルした『ウィークエンド6』、これからは私がみなさまに報道の最前線の声をお届けします」

アイドル女子アナまなみの鮮やかな転身。これで落ち込んだ視聴率を挽回《ばんかい》できるはずだ。藤村が次の異動で管理部門に飛ばされるかも知れないと社内が噂しているのは知っていた。ここで結果を出せば、まだやれる。アリサの姿が見えなくなると、新しいオープニング映像のチェックのため、藤村は足早にスタッフルームに向かった。

アナウンス部に戻ると、アリサは花束をデスクに投げ出した。肉厚な花弁がぶつかり合って強い香気を放つ。よりによってカサブランカなんて。妊婦は嗅覚が敏感になるのを知らないのだろうか。高価な花だが、持ち帰るつもりはなかった。

そもそもアリサは、藤村が望んだキャスターではない。番組立ち上げの際、藤村は人気アナ・玉名小枝子をメインキャスターに抜擢《ばってき》しようとした。しかし小枝子がフリーになるために退社すると聞いて、ずいぶん慰留したらしい。結局退社を決めた小枝子を「誰のおかげで客がついたと思っているんだ。勘違いするな」と面罵したという。小枝子は新人の頃、藤村が担当する朝の番組で人気に火がついた。それにしても「客がつく」とはよく言ったものだ。

藤村の希望する第二・第三候補の人気局アナは皆忙しく、メインキャスター探しは難航した。結局スケジュールの空いていたアリサにお鉢が回って来たというわけだ。顔合わせの挨拶の際、藤村はあからさまに不満げな顔をした。

本命じゃないことは、わかっている。だけど、私は地道に頑張った。積極的に取材に出たし、要人へのインタビューでは事前に徹夜で勉強して、実績を積んだ。時間はかかったけれど、番組は週末ニュースの定番となり、業界内の評価も高まった。確かに、週刊誌の見出しを飾るような評判ではない。けれど、知的で抑制のきいたアリサの進行は視聴者からの信頼もあつかったし、テレビ太陽の報道の顔として、局のイメージアップにもなったはずだ。

それなのに、この後味の悪さはなんだろう。

すっかり暗くなった窓に、アリサの姿が映っている。黒いマタニティーパンツに合わせて、臨月のお腹を隠そうと羽織ったベージュのニットがかえって上半身を大きく見せていた。まるでハンプティ・ダンプティだ、とアリサは目をそらした。

デスクの引き出しを開けると、捨て忘れた写真が数枚残っていた。5年前、新人研修の講師をしたときのスナップ写真に映っているのは、アリサと研修中の仁和まなみ、そしてもう一人の新人、滝野ルイだ。

髪の長いまなみは、学生っぽい笑顔でピースサインをしている。トレードマークのえくぼはあるが、今よりもずっと垢抜《あかぬ》けない。見られることが人を磨くのだ。まなみは特にそれが顕著だった。

隣りに写っているルイは、切れ長の目を光らせて少しだけ笑っている。肌が透けるようで独特の色気のある子だったが、いつもどこか他人事《ひとごと》のような、冷《さ》めた目つきをしていた。

まさか、失踪するなんて。

新人研修を終えてしばらくした頃、体調を崩したと言って会社を休んだきり、出て来なくなった。人事が対応していたけれど、深刻な病気というよりは、ふさぎ込んで会社に来られなくなってしまったということらしかった。

そういうことは珍しくない。いざ仕事が始まると、うまく適応できなくなってしまう新人がいるのだ。試験と本番は違う。後に看板キャスターとなった人物でも、デビュー直後にマイクが怖くてものが食べられなくなり、身体を壊して3年間電話取りをしたという話があるくらいだ。しばらく休んでから、だんだん仕事に慣れればいいと会社は説得したが、ルイはほどなくして辞表を出した。

まだ本格的に画面に出始める前だったということもあり、滝野ルイの名前はほとんど知られていなかった。ミスキャンパス出身のまなみにばかり注目が集まっていたのも会社にとっては幸いして、ルイの退社はそれほど話題にはならなかった。アナウンス部内には「ついにアナウンサーにもゆとりちゃん登場か」と呆《あき》れるベテランもおり、本人が辞めると言うなら仕方がないなという空気だった。

そして1年後、週刊誌で「消えた新人アナ」としてルイの失踪が報じられたのだ。会社を辞めたあと、半年ほどして家を出たらしい。それきり家族も連絡がとれないのだと。連日ワイドショーもネットニュースも「元女子アナ失踪」の話題を取り上げたが、ルイの知名度が低かったことと、新たな事実が出なかったこともあって、それきりになった。

ルイは今、どこにいるのだろう。

アリサは、華やかな同期たちの陰で引け目を感じていた自分を、いつもまなみの後ろで居心地の悪そうな笑顔を作っていた彼女に重ねていた。新人研修の講師として教えていても、ルイは決してアナウンサーに不向きではなかった。仁和まなみよりもはるかに理知的で、センスがあるとアリサも高く評価していたのだ。派手なバラエティーの仕事よりも朗読に興味を示したルイに、アリサは親身になってアドバイスをした。まるで自分の弟子みたいだ、と嬉《うれ》しかった。玉名小枝子の二番煎じみたいな仁和まなみなんて、きっとすぐに飽きられる。本当の意味でのプロは、私や滝野ルイのような正統派のアナウンサーなのだ。

だからあの日、ルイが深刻な顔で相談を持ちかけて来たときにも、自分のことのように怒りがこみ上げた。

当時高視聴率を誇っていた朝の情報番組にルイとまなみが現場研修に行ったとき、「ウィークエンド6」のプロデューサーでもあるエグゼクティブ・プロデューサーの藤村が二人を食事に誘ったのだという。夜の会食でまなみが化粧室に立ったとき、酔った藤村はルイの肩を抱き、まなみよりも人気者にしてやると言って、無理やりキスをした。スカートの中に差し入れられた手を払いのけると、乱暴に胸を掴《つか》まれた。まなみが戻って来たので藤村はルイから離れたが、まなみは何も見なかったかのように、にこやかに藤村と話し始めたのだという。そのあと二人でタクシーに乗ったときに、まなみはルイに言ったそうだ。

「意外と、したたかなんだね。だけど、そんなことじゃ私には勝てないと思う。藤村さん、お目当ては私だから」

最低の女だ。やはりあの手の女たちは、そうやって男を手玉にとり、汚い世渡りをしているのだろう。ルイはそんな女とは違う。知性と品性が違う。努力家で、正当に評価されるべき人だ。そう、私と同じように。泣きながら話すルイを、アリサは精一杯慰め、励ました。だけど、あのとき本当は、藤村のセクハラを告発するべきだったのかも知れない。そんなことをしたらルイが告げ口をしたと思われて、評判を落とすかも知れないと怯《ひる》んでしまった。当時、いくつも番組を持っていた社内の実力者の藤村を敵に回そうとする者はいないだろうから、きっと告発しても孤立するだけだろう。今は才能のあるルイを守るべきだと、あのとき私は苦渋の決断をしたのだ……そう、私は自分の立場ではなく、ルイの将来を守るためにそうしたのだけれど。

その後、ルイはそのことには触れなかったから、アリサもそれ以上訊《き》くことはなかった。研修が終わってしばらくしてから、ルイが会社を休んでいると聞いたときに、ちゃんと理由を聞くべきだったかも知れない。もう誰も話題にしなくなった、いや、話題にしてはいけない子。仕事に追われて連絡をとらなかったことが、今になって悔やまれた。

ベルの音がして、夫の邦彦からメールが届いた。今日は夫婦で打ち上げだね、と店を予約してくれたのだ。時間通りに来られるか、心配しているのだろう。「今から出ます」と返信して、アリサは写真をバッグにしまうと、足早に部屋を出た。

「子どもを産めば、全部帳消しになるのよ。合コン三昧で玉の輿《こし》狙いだった女も、遊びまくって醜態晒《さら》した女も、みんな聖母面して出直せるんだから。ママタレなんてその最たるものじゃない。じゃあなに、これからは、ママアナ？　お仕事も子育ても完璧です！　って、子ども抱いて雑誌にでも載るわけ？　平凡な女が、子ども産んだってだけで人生語っちゃうの？　なにそれ、笑える！」

酔っているせいか、立浪望美はいつにもまして辛辣だった。佐野アリサの後継キャスターに望美をという報道局内の声もあったのに、藤村がまなみを推して立ち消えになったことも理由かも知れない。同期会という気安さもあるのか、ずいぶんと酒が進んでいるようだった。

「アリサちゃんも、今日で産休入りなんだから、同期会に顔出してくれればよかったのにね」

相変わらず話の読めない野元裕子が口を挟む。やめろよ、と周囲が小声で制してもわかっていないのか、わざとなのか、望美のグラスにビールをつぐ。

「アナウンサーの試験で一緒だったんでしょう？　望美ちゃんの方が美人だし、頭もいいのに、うちの人事もなに考えてるんだか」

それを知っているのは、裕子もアナウンサー試験を受けていたからだ。カメラテストで落ちた裕子は、ひときわ目を引く存在だった望美をよく覚えていた。しかし、佐野アリサのことは印象に残っていない。入社式で、ミスキャンパスの玉名小枝子やモデルの浅井香織と並んでずいぶん地味な子が受かったんだな、と一瞬コネ入社を疑ったほどだ。私の方が、と密かに思ったことは、人事に対する不満として今でもくすぶっている。なんでアリサが受かって、私が落とされたのだろう。

裕子の最初の配属先は経理部だった。やがて社員食堂で知り合ったのをきっかけに当時の事業部の部長と密かに交際し、事業部に引き抜いてもらった。希望通り、花形の音楽イベント班に配属されたが、社長室に異動することが決まった不倫相手から別れを切り出され、新しい部長が大幅な配置換えを行ったのに伴って、子ども向けのイベント班に配属された。これでは都落ちだ、と不服だった。直属の上司は、アリサの夫の村上邦彦だ。

「村上さん、パパかあ。一応上司だし、お祝いしなくちゃ」

「ああ、あの仕事できないって評判の旦那ね。事業部もお払い箱にしたいみたいだけど、他に引き取り手がないからずっとあそこにいるらしいよ。あの二人、夜中の子ども向け朗読番組で知り合ったんでしょ。佐野アリサもよかったじゃない、若い頃、誰も見てない子ども向けのチャリティー番組やってましたって、やっとネタにできる日が来て。地味だったもんねー、佐野だけ」

「でもさあ、辞めた玉名小枝子ちゃんも浅井香織ちゃんも落ちぶれちゃって、なんか気の毒だよねえ。やっぱフリーって、厳しいんだね」

裕子も辞めていった同期を心配している口ぶりだが話が弾む。

「だって玉名はさ、頭悪いから。若くもないのに今さら使いようがないでしょ。浅井は輪をかけてバカだし、男の趣味が悪過ぎ。泥沼不倫とか、痛いよね。そんなの誰も使わないよ」

「あはは、さすが望美ちゃん、バッサリ切るよねえ」

望美は人を見る目に自信がある。そこいらの男たちと違って、私には本質的な物事を見抜く力があるのだ。私が局アナ試験に落ちたのだって、それに気付いた男たちが扱いづらそうだと敬遠したからだろう。

いくら口では優秀な女性がいいとか言っていても、男は所詮、女は男の手中に収まる程度に賢ければいいと思っているのだ。そうである限りは引き上げてもらえるが、自分よりも優秀だとわかると、男は総掛かりで女を引き摺《ず》り下ろしにかかる。私もそうだった。夜討ち朝駆けで手にしたスクープだったのに、色仕掛けで取材したと噂されて飛ばされたのだ。この容姿と性別がなかったら、もっと正当に評価されるのに。もしも私が男だったら、今頃は看板記者になっていただろう。キャスター人事だって、仁和まなみなんかに、出し抜かれなかったはずだ。

絡みつく同期の男たちの視線を払いのけるように、望美は勢いよく酒を飲み干すと、音を立ててグラスを置いた。

第二章

「このあとは、注目の米中首脳会談の最新情報です」

切れのいいヴァイオリンの音色が駆け上がるのに合わせてカメラが引くと、微笑んでカメラを見つめる仁和まなみの背後のモニターに、両国のトップの顔が大きく映し出された。ぴったりと揃えて流した脚にベージュのパテントのパンプス。ポインテッドトゥの先端が、ちょうど画面右下に表示された「ウィークエンド6」の番組ロゴを指していた。

スタイリスト代、出てるんだ、とアリサは目を凝らした。私のは垢抜けない、聞いたこともないメーカーの靴だった。黒と茶色の二足をロッカーに常備しては使い回して、会社が用意する安い衣装に合わせていたのだ。メインキャスターなのだから、専任のスタイリストをつけて欲しいと申し出たアリサに、プロデューサーの藤村はにべもなかった。

それなのにまなみは、いかにも洗練された装いをしている。いくら人気者でも、局アナは会社員だ。衣装代の予算も決まっている。まして報道では、必要最低限の予算しかつかないのが通常だ。でも今日の白いスーツもパンプスも、なんだかすごくおしゃれだ。きっとまなみは特別扱いなのだろう。バラエティーの人気番組ではまなみに専任スタイリストをつけたと聞いているから、同じ人物が担当しているのかも知れない。

リビングの床に置いた大きなビーズクッションに身体を預けて、アリサは食い入るように画面を見つめていた。臨月に入ったお腹がせり上がって、胃や肺を圧迫している。立っても座っても、寝ているときすらも苦しくて、何をするのも億劫《おっくう》だ。投げ出した足はパンパンにむくんでいる。傍らには、届いたばかりのベビー用品が包装をかけたまま置いてあった。産休に入って最初の土曜日、夕方6時。見ないと決めていたのに、やっぱり見てしまった。

リニューアルした「ウィークエンド6」は、オープニング映像や音楽、ロゴに至るまで新しくなっている。セットも以前より奥行きが出て、きらきらと明るい。それとも、私がスタジオの照明じゃなくて、リビングのくすんだ明かりの下にいるから、余計に眩しく感じるだけだろうか。

赤ちゃんの目に蛍光灯のちらつきはよくないと言って、姑《しゅうとめ》の房江が邦彦に家中の明かりを替えさせたのだ。どの部屋の明かりも、温かいオレンジ色になった。この慈愛に満ちた光の下で、私、いいお母さんにならなくちゃ。テレビの液晶画面だけが興醒《きょうざ》めな青白い光を放って、アリサの丸い腹を照らしていた。

それにしても臨月になるとびっくりするぐらいせり出すとは聞いていたけれど、これほどお腹が重いとは。内側から押されて完全に裏返ったへそから、すっかり腹の死角になった陰部に向かって薄茶色い産毛の筋ができたのを浴室の鏡で発見したときには、我ながら幻滅した。

アリサはビーズクッションからずり落ちた体勢を立て直すと、お腹が邪魔して手が届かなくなってしまった足の指を何度も曲げたり伸ばしたりした。ボルドーのペディキュアがまだらに剝げ落ちている。早くサロンで塗り直してもらわないと。分娩台《ぶんべんだい》で、助産師に見られるかも知れない。ニュースキャスターのくせに案外だらしない女だったなんて言いふらされたら、心外だわ。

CM明け5秒前、4、3、2。画面に大きなタイトルロゴが翻る。「ウィークエンド・フォーカス！」エコーのかかったタイトルコールに合わせて、クレーンカメラが振り下ろされ、まなみの正面でぴたりと止まった。入念なリハーサルを繰り返しただけあって、スタッフの呼吸も合っている。

「新しくなった特集コーナー、ウィークエンド・フォーカスです。今週は、注目の米中首脳会談について。まずは、ワシントンの吉田記者からの報告です。吉田さん？」

中継画面に切り替わると、中年の記者が棒読みで報告を始めた。

まなみはいつもより低く、柔らかな声で喋るように心がけている。米中首脳会談はまなみの人生にとってまるきり他人事だが、声や表情で、いかにも思い入れがあるように演じることはできる。

ニュースキャスターに、ジャーナリスティックな才能なんて必要ない。ただ、それがいかにも一大事であるかのように演じる感性があればいいのだ。キャスターの顔を見た視聴者が、自分が時代の最先端にいると感じることができればそれでいい。番組を見終わったときに、幾分賢い人間になったかのような気分になれれば、人は満足するのだから。

佐野アリサがどれほど熱心に取材に出たかは聞かされているけれど、やめてしまえば、ただの妊婦だ。私だって、ついこの前まではネットニュースの見出しすら見ない女だった。それでも、今はこんなにキャスターらしく画面に収まっている。人が見たがるものを見せてやれば、世の中を思い通りにするのは簡単だ。

「ワシントンから、吉田記者でした。今回の首脳会談が実現するまでには、水面下で様々な駆け引きがありました。こちらをご覧ください」

まなみは中継を引き取ると、段取り通りにＶＴＲをふった。清楚《せいそ》な比翼仕立ての白いジャケットの下には、今朝も夏樹が触れた乳房が行儀よく収まっている。モニター画面に視線を落としながら、早く夏樹に会いたい、とまなみは思った。

藤村は興奮していた。完璧だ。仁和まなみはいかにも絵になるキャスターじゃないか。あのアイドルアナがニュースを読んでいるってだけで、ぞくぞくする。俺だけじゃない、みんなそう思うだろう。鮮やかな転身は、きっと話題になるぞ。辣腕プロデューサー、復活だ。藤村は祈った。あとは、数字だけだ。

放送が終了すると藤村は副調整室からスタジオに駆け下り、まなみに手を差し出した。

「おう、お疲れさん。すごくよかった。最高だよ。まなみスマイルがもっと出たら、言うことなしだな。いいか、何かあったら俺に聞けよ。カリスマキャスター・仁和まなみの育ての親として、できることは何でもするからな！」

芝居がかった声を出し、分厚い掌《てのひら》に力を込めた。手を離すときの余韻の不潔さに、まなみは用心する。勘違いさせないようにしなくちゃ。利用価値のある男ほど、図に乗りやすいものだから。


週明けに発表された視聴率は、藤村の期待を裏切る結果だった。前週よりはわずかに上がっているが、とてもいい数字とは言えない。下がらなかったのがせめてもの救いだった。

藤村が精力的に動いて、まなみに週刊誌の取材を受けさせたり、番宣をたくさん流したことがある程度功を奏したのかも知れない。しかしそれにしても、前評判が大きかっただけに、深刻な結果に社内は騒然となった。

いくら注目のリニューアルとは言え、それまでの視聴率が惨憺《さんたん》たるものだったのだから、好調だった頃に一気に戻すのは難しいだろう。藤村は自分に言い聞かせた。だが、想像以上に厳しいスタートとなった。人気ナンバーワンアナ・仁和まなみの神通力もこの程度かと揶揄する声もあった。あの女優に比べたら、面白みがないと。

藤村も、視聴率が落ちた理由はわかっている。1年前、ライバル局で土曜夜9時の大型ニュース番組が始まったのだ。熟年のベストセラー作家と話題のセクシー女優という異色の取り合わせをキャスターに据え、もって半年と失笑を買ったのに、予想外の人気番組となった。扇情的な役ばかり演じている女優の、切り返しが早くユーモアのきいたコメントが話題になったのだ。人は意外性に弱い。〝裸を売りにした低能女〟と女優を軽んじていた視聴者ほど、彼女は実は頭がいいんだよ、といっぱしの評論家ぶって番組を絶賛した。

それまでニュースを見ていなかった若い層まで取り込んで、土曜夜9時「サタデーニュース」が週末の新習慣として定着した頃から、テレビ太陽の週末ニュースの定番「ウィークエンド6」には翳《かげ》りが見え始めた。硬派な番組作りには定評があったが、いかんせん地味、というのがもっぱらの評価だった。佐野アリサの垢抜けないイメージが、番組を古臭く見せているという社内の声もあった。

リニューアルで仁和まなみの起用が発表されたとき、これはあの女優を意識してのことだと世間は身を乗り出した。セクシー女優VSアイドル女子アナの週末ニュース戦争。えくぼのまなみちゃんがどんな脱皮をするのか、見てやろうじゃないか。藤村には、当然勝つ自信があった。世間はいかがわしいセクシー女優よりも、お嬢様育ちの女子アナに興味があるはずだ。事実、自分はかつてそれでいくつもの番組を成功させたのだから。

藤村の手法が時代遅れだと言われている理由の一つが、とうに飽きられている女子アナブームを未《いま》だに信奉していることだった。人気女子アナの起用が番組の評価を左右するという藤村の持論は、あまりにも単純だ。しかし、藤村にとってそれは成功体験を伴った確信なのだった。

鳴り物入りでリニューアルした初回の視聴率としては、これではあまりにも惨めだ。しかし、と藤村は自分に言い聞かせた。視聴習慣というのは変えるのに時間がかかるものだ。一度逃げたお客を呼び戻すのは簡単ではない。まなみを起用したことへの注目は、まだ当分は続くだろう。その間に注目を数字に繋げなくては。社内のそれ見たことかという声を聞き流すふりをしながら、藤村は懸命に次の手を探していた。

夏樹が編集者との打ち合わせに出かけたあと、まなみはソファで雑誌を読みながら、番組からの連絡を待っていた。土曜出勤になって、月曜が休みになったのはなんだか贅沢《ぜいたく》な気分だ。慌ただしく一週間を始める世間を横目に、こうしてのんびり朝を楽しめるのだから。

きっといい結果だろうという手応えは感じている。放送を見た人の感想は一様に好意的で、キャスター、決まってたね！　と学生時代の友人からも次々とメッセージが届いた。午前10時半。いち早く結果を見た藤村から、そろそろ連絡が来てもいい頃だ。さっきから、記事がちっとも頭に入ってこない。やっぱりちょっと緊張しているのかな、私。昨夜は期待と不安で、気持ちが高ぶっていた。動き疲れて眠るまで、夏樹と二人の世界に没頭した。まだだるさの残る身体で、まなみはサイドテーブルのスマートフォンに意識を集中した。待ち望んだ着信音が鳴った。だが藤村ではなく、デスクからのメールだ。嫌な予感がする。

前週プラス0・5％。信じられない。屈辱だった。佐野アリサと私の差が、わずか1％にもならないなんて。藤村が連絡してこないのもそういうわけか。こんな結果になるなんて、一体、どうしてだろう？

私のせいじゃない。まなみは膝を抱えて座ると、部屋着代わりに着ていた夏樹のTシャツの裾を引っ張った。私は悪くない。帰宅して録画をチェックしたが、何一つ問題はなかった。料理コーナーのときと同じだ。男に好かれているまなみは、女に嫌われなければいい。平凡で真面目なニュースキャスターであることが大事なのだ。そうすれば、ライバル番組の女優のあざとさに嫌気が差した女性視聴者の共感を得られると藤村も言ったではないか。だから完璧にやってのけた。なのに、なぜ？　それとももっと頼りない、ハプニングだらけのキャスターデビューの方が、いっそ話題になったのだろうか。

いや、すでに番組自体が寿命なのだ。佐野アリサの地味なイメージがすっかり番組を過去のものにしてしまったのだから。こんな貧乏くじを引かされて、とまなみは今さらながら藤村を恨めしく思った。

このところ、まなみのバラエティー番組への出演は、少しずつだが減っている。今年で28になるまなみの看板アナとしての地位はまだ揺るぎないものの、現場は常に新しい血を欲しがるものだ。入社したての新人が話題になるのは毎年のことだが、その中からポストまなみと目される若手アナが着実に育っていた。

アリサが出産を口実にしたように、まなみも自分の人気の翳りを路線の転向にすり替えようと企《たくら》んだ。自分の意志でアイドル路線を退いたように見せるのだ。まだ、落ち目になったことに他のみんなが気がつく前に。

今回はそのチャンスだった。これからは知性派キャスターでいきます、と惜しまれながら活躍の場を移す絶好のチャンスだったのに。人気アナの鮮やかな転身を、完璧に演じてみせたはずだった。それがいきなり、こんな結果だなんて。日本一の人気アナ・仁和まなみは、もう飽きられたということか。

空っぽの女、と笑う姉の声が聞こえる。あんたなんて、中身が何もない、顔だけの女よ。あの女がパパに取り入って、あんたは運よく一緒に拾われただけじゃないの。

膝を抱えた腕に力が入る。艶やかなピンクベージュに塗られた指先を、思わず口元に持っていきそうになる。ふくらはぎに爪が食い込む。まなみは足の指をきつく丸め、Tシャツの襟元を口に含むと、打たれた犬のように細くかすれた悲鳴を上げた。

ようやく二人目の妊婦が呼ばれた。予約制だと言うのに、いつも30分は待たされる。待合室のマガジンラックには分厚い雑誌が並んでいるが、有名人御用達《ごようたし》のこの病院で産むのは裕福な妊婦ばかりだからか、置いてあるのは高級ファッション誌やラグジュアリーな旅行本ばかりだ。アリサが今一番読みたい週刊誌は置いていない。新聞の見出し広告で見たのだ。

〝ニュースキャスター仁和まなみ、鳴り物入りの初回で早くも大コケの噂〟

アリサは息苦しさに苛立った。ただでさえ臨月で呼吸が浅いのに、顔を隠すために眼鏡をかけ、梅雨時にもかかわらずマスクをしている。感染症を恐れてマスクをしている妊婦は珍しくないので悪目立ちすることはなかったが、なにせ呼吸がしづらい。

先週土曜の放送を見てから、世間の反応が気になっていた。ついに見つけた週刊誌の見出しに気持ちがはやったが、いくらスッピンとは言えコンビニで買うのも気が引ける。なにしろきっと表紙には太字で、仁和まなみと書かれているのだ。前任のキャスターがこっそりそれを買うのを見たら、店員がツイッターで広めるかもしれない。せっかく苦労して築いた本格派キャスターの肩書きが台無しだ。産休に入ったら仕事のことは一切考えないと夫に宣言していたアリサだったが、自分でも浅ましいと思うほど、やはりまなみの評判が気になって仕方がないのだった。

私の方が、ずっといい。それが正直な感想だった。仁和まなみは、いかにも人が見たがりそうなニュースキャスターを演じているだけだ。報道の使命も、伝えるということの重さも、わかっていない。ただ渡された紙をそれらしく読んでいるだけのニセモノだ。

まなみは衣装やメイクには入念に工夫を凝らしていたけれど、記者への質問は台本通りの予定調和だった。ただ言われた通りにやっているだけで、なんの個性もない。キャスターとしての格も感じられなかった。

そう、報道は「えくぼのまなみ」なんていう、与えられたキャラクターを演じて可愛がられていればいいバラエティーの現場とは違うのだ。安易にキャスターになりたがる人気アナたち。ちゃらちゃらしたあんたたちには、キャスターなんて無理。男に媚《こ》びておいしいとこ取りをする要領のいい女たちが、ニュースの現場で馬脚を露《あらわ》すのは当然だわ。いくら人気者と言ったって、バラエティー番組もスポーツ番組も、女は男の娯楽の添え物でしかないのだから。でも報道は違う。社会的な使命がある。キャスターは飾り物の女なんかじゃないの。私は、番組の男性記者からも対等に扱われていた。男の言いなりではなく、信頼できるパートナーとして敬意を払われる存在だったのよ。

仕事のことを考えると頬が熱くなる。まだアリサの順番は来ない。息苦しさに思わずマスクをとると、向かいに座った妊婦と目が合った。丁寧に巻いた髪をまとめてバレッタで無造作に留めているのが、いかにも絵になる都会のプレママという感じだ。こちらにじっと目を留めた。あれっ、と相手が気付く瞬間が待ち遠しい。アリサはさりげなく視線をそらしてみせた。けれど彼女は、アリサが誰であるかに気付かない。ファッション誌の高級ベビーカー特集に再び目を落として、熱心に読み始めた。ニュースを見ないバカ女、とアリサは密かに毒づいた。こんな女が母親になるなんて、全く困ったものだわ。意識の低い母親たちと、私はうまくやっていけるだろうか。女の無知に腹を立てながら、垢抜けないバレエシューズを履いて来たことを、アリサは少し後悔していた。

帰宅した邦彦から雑誌を受け取ると、アリサはすぐにページを繰った。さっき、帰りにコンビニで買って来てくれるようにメールしたのだ。読みたいインタビュー記事があるの。もちろん、嘘だ。邦彦もわかっているだろう。目当ての記事はすぐに見つかった。

〝超人気アナの華麗なる転身と話題を呼んだテレビ太陽の仁和まなみ（27）のキャスターデビューは、残念な結果となった。同局の週末ニュース「ウィークエンド6」のリニューアル初回は、前週プラス0・5のわずか3・4％という、なんともお粗末な視聴率。看板アナを担ぎ出しての延命措置も、功を奏さなかったというわけだ。

「仁和まなみは、あくまでも芸人にいじられて活《い》きるタイプ。局アナとしてニュースをそつなくこなすことはできても、かえって個性のなさが露呈してしまった」（女子アナ評論家）
「社内でも、やっぱりという声は多い。仁和まなみはすでに賞味期限切れ。オヤジ転がしの周到な根回しで若手の成長を阻んできたが、ここへ来て一気に世代交代が進むのでは」（テレビ太陽関係者）
など、天下無敵と言われたまなみスマイルも、一気にメッキが剝がれそうな雲行きだ。即戦力がすべての使い捨て時代。これを機に、女子アナの「定年」も、ますます早まるのかも知れない〟

繰り返し読む。佐野アリサの名前はない。まなみの前任者である佐野アリサがどれほど優秀だったかについて、記事は一言も触れていなかった。ショックだった。「やはり交代しない方がよかった」という世間の声を期待していたのに。7年もメインキャスターを務めたのだ。そんなにすぐに忘れられてしまうはずがない。復帰を待っていると言ってくれたスタッフだって、何人もいるのだから。
アリサは信じられない思いだったが、すぐに思い直した。こんな下世話な週刊誌を読むのは、きっと無教養な連中だ。記事を書いた人間だって、キャスターの実力をはかるような見識はないに違いない。気にすることはないのだ。

ともあれ、まなみのあざとい転身が失敗したのは愉快だった。今頃どうしているだろうか。さすがに落ち込んでいるだろう。急に情け心が湧いてきて、アリサはメールを打った。

——まなみちゃん　元気出してね。

赤ちゃんが生まれたら、ママになった私を見に来てください！

アリサ

ニコニコマークとハートマークをたくさんつけた。送信ボタンを押してから、もう一度記事を読む。報道局の男たちも、きっとまなみに愛想が尽きただろう。育児休業が明けたら、私、案外忙しくなるかも知れないな。機嫌よく伸びをして、アリサはソファから立ち上がった。破水したのは、その直後だった。

個室のテレビには、天気図が映っている。明日は晴れ、気温27度。蒸し暑くなるでしょう。

しゅっ、しゅっと音を立てて母乳がほとばしる。こんな風にシャワーのように幾筋にもなって出てくるなんて知らなかった。アリサは痛みに耐えながら、乳首を摘《つま》んで揉《も》みほぐす看護師の指先を見ていた。

「ずいぶん出るようになりましたね。もうちょっとだけ我慢してくださいね」

水色と白の細い縦縞《たてじま》の制服を着た看護師は、まだ若いが慣れた手つきだ。こうしてアリサの乳首に母乳が通る道を開いているのだった。

つい数時間前に、アリサは母親になった。予定日よりも2週間ほど早かったが、子どもは3000グラム近くまで育っていた。自宅での思いがけない破水から10時間ほどの安産だった。

「明日は晴れるみたいですね」

「そうですね」

アリサは、見知らぬ若い女に乳を搾られながらそんな呑気《のんき》な話をしている自分がおかしくて、思わず笑った。

「私、牛みたいだわ」

看護師は微笑みながら、一向に手を緩めず搾り続ける。

「ほら村上さん、こんなに出ましたよ」

哺乳瓶の半分ほどまで、薄黄色の水っぽい液体が溜まっている。軽くなった乳房を消毒して服のボタンを留めながら、アリサはさっき帰った義母の言葉を思い出していた。

「アリサさん、母親が穏やかな気持ちでいないと、いいおっぱいが出ませんからね」

初孫の誕生を楽しみにしていた義母の房江は、アリサの妊娠中に、育児本やベビー用品をたくさん送ってきた。出産の知らせを受けて、すぐに病院に駆けつけた房江は、生まれたばかりの孫を見て歓声を上げた。

「まあ、二重がハッキリしていて、邦彦そっくりね。きっと美人さんになるわ」

邦彦はニコニコしてそれを聞いている。奥二重の私への当てつけだってことに気がつかないのかしら、とアリサは苛立つ。アリサの母は岡山から新幹線でこちらに向かっている。できれば最初に母に子どもを抱いて欲しかったのに、残念だった。

「アリサさんは、お母様似かしら？　弟さんはお父様そっくりの西洋人のお顔よね。最初ごきょうだいだとはわからなかったもの」

でもやっぱりニュースを読むのには、あまり華やかなお顔はどうかと思うの。最近はそういう女子アナさんも多いけれど、ニュースはあんまり派手な人が読むと、なんだか信用できないものね。邦彦がアナウンサーと結婚すると聞いたときにはどうかと思ったんだけれど、アリサさんのように堅実で知的なお仕事ぶりならと安心したのよ。芸能人に媚《こび》を売るような下らない番組に出ている方じゃなくてよかったわ。でもこれからは、母親業に専念しないとね」

またその話だ。房江はアリサが仕事に復帰することに反対している。明日も来ると言っていたけれど、まさか5日間の入院中、毎日見舞いに来るつもりだろうか。

お昼の天気予報が終わると、アリサはテレビを消した。子どもが細い泣き声を上げる。おむつが濡《ぬ》れたようだ。アリサは傷の痛む局部を労《いたわ》りながらゆっくりと立ち上がると、透明の四角い箱の中に敷き詰められたピンクのタオルに寝かされた娘を見た。

何もかも新品の、私の赤ちゃん。誰にも触らせたくない。私が心を込めて、みんなが羨むようないい子に育ててあげるからね。

翌日、邦彦が仕事の合間に見舞いに来た。今夜も残業だから、昼休みに顔を見ようと思って、と嬉しそうに娘を抱く。

「無事に生まれました、ってアナウンス部長には連絡したよ。それから、報道の藤村さんが、落ち着いたらお祝いに行きたいって。どうする?」

「別に構わないわ」

アリサは微笑んだ。私の後任にお気に入りの仁和まなみを据えてご満悦だったけど、とんだ見当外れだったみたいね。どんな顔をしてやって来るのかしら。意地悪な気持ちと、やっぱり私の有り難みがわかったんじゃないだろうかという期待があった。

「落ちついたら、うちに呼ぶわ」

仁和まなみも一緒に来るだろうか、とアリサは考えた。たとえ来たところで、なんということはない。私は母になった幸せな女、向こうは落ち目の女子アナなのだから。

邦彦を見送ると、アリサは化粧ポーチから手鏡と毛抜きを取り出して、眉を整えた。そばかすの浮いた素肌はしっとりと潤っている。奥二重の縁に生えたまっすぐな睫毛《まつげ》をビューラーで上げると、茶色がかった瞳が際立って、表情がはっきりした。髪を解《ほど》いてブラシをかけ、シュシュでまとめ直すと、アリサはメールを打った。

――まなみちゃん　私、ママになりました！

来月、うちに遊びに来てね。

赤ちゃんと待ってます

最後にリボンをつけたウサギとキラキラ光るハートのマークをつけて、送信した。

会議室には重苦しい空気が流れていた。藤村はしきりに手元の時計を気にしている。リニューアルの景気づけにと奮発したカルティエの腕時計だ。家電店で安く買ったが、新品で60万円ほどもした。まだ傷のついていないステンレススティールケースが、今となっては寒々しい。鳴り物入りのリニューアル初回から4週連続、番組の視聴率は低空飛行を続けていた。

これまで、時計を新しくすると番組がうまくいくことが多かった。験担ぎのつもりだったのだが、カリブルという名前が空振りめいていてよくなかったのだろうか。やはりタンクにしておけばよかったか。こんなことを考えてしまうのも、自分が相当弱気になっている証拠だと、藤村は頭を振った。

まだ仁和まなみは現れない。リニューアル後1ヶ月の節目の全体会議。開始時間を20分も過ぎている。

デスクの女性が電話を手に廊下から戻って来る。

「出ません。自宅にもかけているのですが……。アナウンス部でも連絡をとってもらっています」

スタッフは苛立った様子を見せ始めた。聞こえよがしにため息をつく者もいる。番組の不振をキャスターの力量不足のせいにできると踏んでいるのだろうか、大仰な呆れ顔で「メインキャスターが遅刻じゃねえ……」とつぶやくディレクターに「すみません、今留守電にメッセージは入れたんですけど」とデスクの女性が謝っている。

社内では早くも戦犯探しが始まっている。スポンサーがお冠らしいぞ、としたり顔で語る者もいた。

藤村が視聴率の憂鬱な分析結果をほぼ話し終えたとき、ノックの音がした。入って来たのは、報道局長の長谷川と、平日夜のニュース番組のディレクター・立浪望美だ。

「すみません、お話し中に」

望美が頭を下げた。低いが色気のある声。政治部の記者だった頃には、これで何人もの口の堅い政治家や官僚を落として、若くしてスクープをとったという。会議室に入って来た望美は、小柄で貧相な長谷川よりもずっと背が高い。

微かに肌の透ける濃紺のブラウスに、黒い細身のパンツを合わせ、素足にルブタンのパンプスを履いている。地味な色合わせがかえって艶《なまめ》かしい。緩く巻いた髪を耳にかけながらスタッフをゆっくりと見回すと、望美は宣言するように挨拶をした。

「みなさんすでにお聞きかと思いますが、今週から強化スタッフとして特集コーナーを担当することになりました、立浪です。よろしくお願いします」

長谷川は満足げにうなずいた。

「辣腕美女を夜ニュースからひっぺがすのに苦労したよ。頼むぞ、藤村」

「有り難うございます」

藤村はほとんど年の違わない局長に頭を下げた。要領よく出世したイエスマンと、放送の現場にプライドを持つテレビマンの違いさ、と自分に言い聞かせる。

あとはよろしく、と去る長谷川を廊下に出て見送ってから、望美は当然のように、空いている中央の席に座った。

「特集の強さが、番組の輪郭を作る、と局長からご指摘がありました。私は入社してから12年、報道一筋です。政治記者としての経験も、ディレクターとしての現場経験もそれなりに積んできましたので、お役に立てれば幸いです」

長い脚を組んで座っている様は、そこだけハイビジョン映像であるかのように華がある。傲慢にも聞こえる物言いだが、思わず聞き入ってしまう説得力があった。藤村は面白くなかったが、立浪望美の投入は、戦力としては確かに心強い。

「まだリニューアル1ヶ月だが、打てる手は迅速に打とうということで、各方面を説得し、頼もしい援軍を迎えることにした。もちろん、みんな知らない仲じゃないだろうから、何でも彼女に提案してくれ。政財界に人脈もある。なにしろ、かつてはスクープの女王だからな」

最後は、当てつけを言ったつもりだった。望美は表情を変えずに次の言葉を待っている。スタッフの中には白けた顔をする者もあったが、自分がピンチにただ手をこまぬいているだけのプロデューサーではないことを証明しようと、藤村はあとを続けた。

「立浪くんには、特集キャスターとして毎回出演してもらう。取材力に加えて、リポートのうまさでも定評のある立浪くんだ。番組のもう一つの顔として、期待している」

藤村に促されて立ち上がった望美は、有り難うございます、と勝ち誇ったような笑顔を見せた。

まなみが入って来たのは、ちょうどそのときだった。いつものように素顔に大きな黒縁の眼鏡をかけているが、心なしか顔がむくんでいる。今日は両腕に抱えた資料の束はない。肩にかけた白いモノグラムのトートバッグの持ち手に縋《すが》るようにして立っているまなみは、少し痩せたようだった。シンプルなベビーピンクのニットワンピースを着ているが、化粧気のない顔のせいか、ひどく子どもっぽく見える。

「あの……遅れてすみません。ちょっと体調を崩して、薬をもらって来たものですから。でも、もう大丈夫です！」

にこっと笑ってえくぼを見せると、頭を下げた。藤村が「おう、心配したぞ。遅れるなよ」と一言窘《たしな》めたが、他に言葉をかける者はいない。皆、これは見物だという顔で息をのんでいる。

望美はまなみを一瞥《いちべつ》すると、悠々と座って脚を組んだ。会議室の中央、暗黙のうちにメインキャスターのために空けられていた席は、今やすっかり望美の玉座となっていた。

なぜ、私の席に座っているのだろう。何度か見かけたことはあるけれど、まなみはその女が誰かをよく知らない。でも、一目でわかった。この女はもうずっと前から、私を呪っている。仁和まなみという女じゃなくて、仁和まなみが形を与える何かを、この女は心底憎んでいるのだ。

空いている端の方の席にバッグを下ろすと、まなみは藤村に視線を投げた。だが藤村は目を合わせようとしない。新人の頃から目をかけてくれていたのは、きっと人気アナの育ての親という肩書き欲しさのアプローチだったのだろう。リニューアルで私の人気を利用しようとしたのに、うまくいかなかったらその変わりよう？　とっくにそんな藤村の魂胆を知っていたはずなのに、まなみはやはり腹立たしかった。

後輩が次々と新番組に抜擢されて、焦っていたところへ藤村からメインキャスターの話が来た。格好の飛躍のチャンスと喜々として受けたまなみだったが、もっと報道の内部事情を調べておけばよかったと後悔している。もうすっかり賞味期限切れの番組だったのだ。

まなみは藤村をじっと見つめてから、いかにも殊勝な様子で深く頭を下げた。

「このたびは、私の力不足でみなさまの努力を結果に繋げることができず、本当に申し訳ございません」

みんな、私が泣くのを待っている。ほら、これが見たかったんでしょ？　人気者が失敗して、みっともない姿を晒すのを。だけど、えくぼだろうが泣き顔だろうが、彼らが私を見たがっている限りは、私が彼らの欲望の主《あるじ》だ。批判されたって、関心を持たれているうちはまだやりようがある。

顔を上げると、立浪望美が言った。

「いいのよ、誰もアナウンサーにそんなこと求めていないから。局アナは、言われた通りに原稿を読んでいればいいの。リニューアル直後の数字なんて、こんなものよ。あとは私たちがいいものを作るから大丈夫。ですよね、藤村さん？」

望美の声に促されるように、スタッフの視線が藤村に集まる。

「そうだな」

右手で時計をいじりながら、藤村は仕方なく答えた。

「じゃ、私は夜ニュースの引き継ぎがありますので。あとでこちらのスタッフルームにも顔を出します」

望美は立ち上がると、部屋を出て行った。「お疲れさまです」と声をかけたまなみの後ろで小さく音を立ててドアが閉まると、一瞬、水を打ったように静かになった。

「申し訳ございません」

まなみはもう一度頭を下げると、今しがた自分を無視した女が残していったクロエの甘い香りの中に、沈み込むように腰を下ろした。


7月に入ってから、蒸し暑い日が続いている。アリサは窓を開けてリビングに風を通した。生後1ヶ月を迎えた娘のオーガニックコットンの産着は、さっき着替えさせたばかりなのに、もう汗で湿っていた。

帰り支度を始めた義母の房江が、アリサに大きな封筒を渡した。

「ここに栄泉学院幼稚園のパンフレットが入ってますから。1歳からはお教室に入れないとね。その資料も入っているわ。早いうちにお教室の先生にご挨拶に行きましょう」

「あの、うちは保育園に入れようと思っていますので、受験は」

「えっ保育園⁉ 愛ちゃんを保育園に入れるの？ そんな、可哀想なことやめてちょうだい」

房江は人でなしを見るような顔をして、アリサの手に封筒を押しつけた。

「そんなこと絶対に許しませんよ。邦彦も、幼稚園から栄泉なんですからね」

インターホンが鳴った。アリサは姑に帰りを促す。

「あの、今日は職場の人たちが来るので」

ドアモニターには、藤村が映っている。

「早過ぎたかな。あともう一人来るんだが」

「すみません、義母が来ているんですが、ちょうど帰るところですので」

解錠ボタンを押すと、アリサは真新しいスリッパを並べた。

ドアを開けると、藤村の後ろに花束を抱えたまなみが立っていた。

「お忙しいのに有り難うございます。どうぞ、上がってください」

アリサはにこやかに迎え入れた。

風呂上がりのおばちゃんみたいだ。まなみは驚いてアリサを見つめた。すっかり丸くなった顔。寸胴《ずんどう》の綿のワンピースに足首までのレースのソックス、ピンクのパイル地のスリッパ。子どもを産むとこんな姿になるのか。

リビングでは、孫を抱いた房江が出迎えた。

「いつも嫁がお世話になっております。あらっ、こちらの方、有名な」

「仁和まなみです」

藤村が紹介した。

「栄泉ご出身の方でしょ？　初等部から？」

「いえ、大学からです」

「あら……地方の方かしら？　学部はどちら？」

これが姑というやつか、とまなみは興味深く眺めた。こんな女に気を遣うくらいなら、一生一人で過ごした方がいい。

「英文です」にこやかに答える。

「息子は経済学部よ。幼稚園からですの。ほら、可愛いでしょ。孫の愛ちゃん。息子そっくりだわ」

二人のやりとりに苦笑いしている藤村から菓子折りを受け取って礼を言うと、アリサは空とぼけて尋ねた。

「リニューアル、ご評判なのでは？」

「ああ、まあなんとか」

藤村は興醒めな顔をした。

「仁和さんは人気者ですものね」

房江に絡まれて迷惑そうにしているまなみを見て、アリサは微笑んだ。気付いたまなみが微笑み返す。

「佐野さん、おめでとうございます。赤ちゃん、とっても可愛いですね」

「有り難う。まなみちゃんも、頑張っているわね」

「佐野さんを目標にしているんです」

「そんな、光栄だわ」

「子育て、頑張ってください」

「そうね。でも来年には復帰するから」

房江の眉がつり上がるのがわかる。

またインターホンが鳴った。駆け寄ると、モニターには立浪望美が映っていた。……なぜ望美が？

「ああ、ちょっと異動があってね」

藤村がとぼけたように言う。なぜ一言事前に知らせないのかと腹が立ったが、来てしまったものは仕方がない。アリサは慌てて洗面所に行くと、マスカラが滲《にじ》んでいないか入念に確かめ、指で睫毛を押し上げた。

部屋に上がるなり、望美はオレンジ色の袋を差し出した。

「ご出産おめでとう。これ、エルメスのベビーシューズ。使って。わりといいマンションね。駅から遠いけど」

「有り難う。お忙しいのにわざわざ」

ヒールを脱いだ望美の素足には赤いペディキュアが光っている。ふわふわのスリッパの中で、アリサは思わずつま先を丸めた。授乳に明け暮れて、ペディキュアを塗り直す時間なんてまるでない。そのままリビングに上がって裸足《はだし》でフローリングを歩く望美に房江が眉をひそめた。望美はソファに座ると、慌ててスリッパを持って来たアリサに言った。

「私、『ウィークエンド6』の特集キャスターをすることになったの。もちろん取材もね。だから一応、ご挨拶をと思って」

「特集キャスター？」

アリサは驚いて聞き返した。

「そうよ。だってアナウンサーだけじゃ説得力ないでしょ」

望美は房江に絡まれているまなみをちらりと見る。

「どういうことですか？」

アリサは藤村を振り向く。私じゃ力不足だったということか？　そんなの納得がいかない。

「局長の方針でね。特集をテコ入れすることにしたんだ」

アリサがまだキャスター気取りなのが鬱陶しくて、藤村は憮然《ぶぜん》として答える。

「ほら、今までみたいに読むだけのキャスター座らせときゃいいなんて、もう通用しないじゃない？」

望美が当てつけがましく付け加えた。

「私は……私はちゃんと取材にも出ていたわ」

アリサは思わずムキになった。

「で？　その辺の女子アナとは違います、ってこと？　ニュースやるなら、取材なんて基本でしょ。その上で質が問われるのよ。アナウンサーが記者の真似ごとしたって所詮おみそでしかないのに、ほんと、一度でも取材に出すとすぐ勘違いするのよね、男も女も。私はただのアナウンサーじゃないんです、ジャーナリストです、とか言い始めて。見てて恥ずかしいわ。ただの発表係よ、アナウンサーって。言われた通りに読むのがお仕事でしょ」

望美はソファから立ち上がると、房江の腕の中の愛の顔を覗き込んだ。

「へえ……よかったね、可愛くて。当たりじゃん。当たりクオーター」

アリサは叫び出しそうになった。やめて、みんな私の子どもに触らないで！　あなたたちの悪意で、その子を汚さないで!! アリサは房江から娘をもぎ取ると、強く抱いた。

「アリサさん、ちょっと、どうしたの」

房江が顔色を変えた。望美は睨《にら》み合う房江とアリサを面白そうに眺めている。

「こちらの方がびっくりしていらっしゃるじゃないの。そんな風に抱いたら、愛ちゃんも怖がるわ」

「……すみません、ちょっと仕事の話で気が立ってしまって」

アリサが望美の視線に気がついて怯んだのを見ると、房江は愛を覗き込んで頬を突いた。

「おおこわ。愛ちゃん、ママこわいでしゅねえ。お仕事しているママなんて、いやでしゅよねえ」

「……せっかく職場の人がいらしてくださったのに、やめてください」

「あら、ちょうどいい機会じゃないの、ちゃんとお話ししたらいいわ。あの、みなさま、アリサさんは愛ちゃんの母親という立派な仕事がありますから、もうテレビのお仕事には戻りませんので、ご理解くださいませね。そうよね、アリサさん?」

「……お義母《かあ》さま!」

「こちらの若い方が代わりをやってくださるんでしょ? ねえ?」

房江はまなみに同意を求めた。望美は笑いをかみ殺している。

「あの……私、次の打ち合わせがあるのでそろそろ」

まなみが藤村を窺いながら言った。嫁姑の小競り合いに巻き込まれるのはまっぴらだ。

「じゃ、我々もそろそろ」

これ幸いと暇乞《いとまご》いをする藤村の声で、房江もしぶしぶ引き下がった。

「せっかくいらして頂いたのに、なんだかお見苦しいところをお見せしてしまって、すみません。有り難うございました」

マンションのエントランスで頭を下げて一同を見送るアリサのもとに、望美が戻って来た。

「あのさ、一つ聞いていい？　仕事、続けるつもり？」

「もちろんよ。来年戻るわ」

アリサは愛を引き寄せると、胸を張って答えた。

「じゃあ言っとくけど、藤村さんは、あなたを戻す気ゼロだから。復帰しても出番なんてないのに、いつまで給料もらい続ける気？」

アリサが絶句したのを確認すると、望美はじゃあねと笑って、背を向けた。腕にかけた真新しいバーキンがアリサの目に入るよう、細心の注意を払いながら。

CMが明けて生放送のスタジオに画面が切り替わると、司会の沢登よしあきは芝居がかった声で料理コーナーのタイトルコールをした。

「私、ニュースキャスターになりまあす！　仁和まなみちゃんのさよならアイドルクッキングコーナー!!」

陽気なオープニングテーマに合わせて、エプロン姿のまなみが、おたまを持って体を揺らす。ぐっと寄ったカメラが引いたところで、まなみはいつも通りのえくぼを見せて挨拶をした。

「5年近く担当してきたこのコーナーを今日で卒業することになりました。今日は精一杯頑張って作ります！　旬の元気丼です！」

料理研究家の指示に合わせて手際よく作り始めたまなみだったが、最後の盛りつけで少しだけ卵が器の縁をはみ出してしまった。沢登が待ってましたとばかりに茶化す。

「おいおい、まなみちゃん、有終の美を飾るんじゃなかったの？　ニュースが時間からはみ出しちゃったら、シャレにならないからね！　はみ出し歓迎は水着だけ！」

こんな手垢のついたセクハラまがいのやりとりも今日で最後だと思うと清々する。まなみはいつも通り、ムキになってみせた。

「もう、そんなこと言ってると、沢登さんが番組ごと卒業させられちゃいますよ！　私、そんなニュース読むのイヤですからね！」

目を剥《む》いた沢登のアップにスタッフの笑い声が重なってＣＭに入った。エプロンを外したまなみは料理コーナーのセットの前に立つ。スタジオの隅で放送を見ていた新人女子アナが、ディレクターに促されて進み出た。二人の間に立った沢登は妻の差し出した手鏡で生え際のほつれをチェックし、ミントタブレットを口に含んだ。画面がスタジオに切り替わる。

「さて、お知らせしていた通り、我らが仁和まなみちゃんが今日をもってこの番組を卒業です。長い間、本当にお疲れさまでした！」

沢登の差し出した大きな花束を受け取ると、まなみはこぼれるような笑顔を見せた。

「駆け出しだった私に優しくアドバイスして、励ましてくださった沢登さん、そしてスタッフの皆様、なによりも、失敗ばかりの私を温かく見守り続けてくださった視聴者のみなさま、本当に長い間、有り難うございました。これからは報道キャスターとして成長できるよう頑張りますので、よろしくお願いいたします」

「キャスターデビューから１ヶ月だけど、調子はどう？」

沢登が白々しく尋ねる。

「まだまだ私の力不足で……。でも、これからも番組スタッフと一緒に全力でニュースをお伝えします」

沢登の当てこすりを無視して健気《けなげ》に答える。

「まあなにしろ、リニューアルした『ウィークエンド6』は離陸したばかりで、これからですからね。みなさんもひとつ、仁和キャスターを応援してあげてください。まなみちゃん、なんなら話題のお姉さんに頼んで、番組の高度を上げてもらったら？　パイロットとニュースキャスターの美人姉妹なんて、カッコいいねえ！　親御さんが羨ましいよ。俺なんて、売れない芸人に毛が生えたようなもんで、親不孝のしっぱなし！　おふくろ、ごめんね！」

ぺろっと舌を出す。番組の不調と姉の話を一緒にして最後にぶつけてくるとは、沢登らしい嫌がらせだ。俺が人気者にしてやったのに、踏み台にしやがってと言いたいのだろうが、仁和まなみの料理コーナーが人気になって打ち切り直前で首の皮一枚繋がったのは沢登の方ではないか、とまなみは心中で毒づく。

「さあ、来週からは、新人の登場ですよ！」

沢登は後任女子アナを中央に押し出す。

「なんとなんと、ハワイ育ちの帰国子女！　高校時代からチアリーディングをしていたという、まさに才色兼備、運動神経抜群。デビューするなりバラエティー番組にも出ずっぱりで、ポスト仁和まなみ最有力と大評判の子ですよ。今のうちにツバつけとかないとね。ところで、料理の腕はどうなの？」

沢登の新人に対する持ち上げぶりは、そのままなみへの当てつけだった。

実際、このところの彼女の人気ぶりはめざましく、8月恒例の音楽特番のMCにも指名された。それまでずっとまなみが担当してきたテレビ太陽の看板番組だ。まるで世代交代のような印象を与えてしまう、とまなみは焦っていた。この午後ワイドの料理コーナーも、仁和まなみの印象が強いだけに、その跡を引き継ぐ人間はポスト仁和まなみという扱いになりやすい。今年入社した女性アナウンサーは彼女一人ということもあって、まなみがニュースで抜けた仕事をことごとく引き継ぐ形となっていた。

新人の頃のまなみもそうだった。滝野ルイと二人で入社したのだが、ルイはデビュー前に会社に来なくなってしまったので、新人女子アナの仕事はまなみが独り占めした。それがどれほどおいしいか、よく知っている。

とは言え、たとえルイがいたって、きっとまなみが人気者になっただろう。滝野ルイは大人びた独特の色気があったが、新人らしい華やかな雰囲気ではなかった。美人だけど暗いよなあ、と言うディレクターもいた。ルイのアナウンサーとしての技術は研修中から群を抜いていたが、まなみは何でもそこそこなすだけで、ルイのように講師をうならすセンスはない。だがその方が、新人らしくて初々しいと言われるのだ。誰がどう見ても、ミスキャンパス出身の仁和まなみが売れっ子になるのは明らかだった。

けれどまなみはルイが気に入らなかった。男たちはまなみをアイドル扱いしてくれるけれど、彼らがルイを見る目は欲情を露わにしている。ルイはそれに気付いているのかいないのか、あまり関心を示さない。それがかえって男の興味をそそるようだった。同期の男子が、滝野はエロいよなあ、と噂しているのも聞いていた。無自覚に男を引きつけるルイは、まなみにとって脅威だった。きれいなのに、色気があるのに、なんだかめんどくさそうにしている。あの子は一体何が欲しいんだろう？　なぜ高い競争率を勝ち抜いてまで、女子アナになったのだろうか。他人の欲望の対象でありながら、当人の欲望のありどころがわからない人間は得体が知れない。まなみはそんなルイが怖かった。

たいていの場合、人は無欲なふりをすればするほど下世話な性根が覗くものだ。アナウンサーになったのは偶然です、人前に出るのは苦手なんです……と言えば言うほど、出たがりの本音が露わになる。有名になりたい、褒められたい、羨ましがられたい、もっと、もっと。それを物見高く品定めする観客たちもまた、無防備に自分の欲を晒す。嘲笑したい、嬲《なぶ》りものにしたい、支配したい、それが誰だって構わない。新しい見せ物を、もっと、もっと……そんな見る者と見られる者の欲望が砂糖菓子のように飾り立てられてぶつかる場所がテレビの世界だ。だが、欲望のありどころが露呈した人間たちの弱みを突くのは簡単だ。どんなに空っぽでも、欲しがられる限りは価値がある。まなみはそれをよく知っていた。私は、欲しがられる私が欲しい。それだけだ。

父親が後妻の娘を可愛がるのを妬んだ里子は、ことあるごとにまなみに言ったものだ。あんたなんて、顔だけよ。見た目が取り柄の頭の悪い母娘《おやこ》。パパに取り入って仁和家に潜り込んでいるけれど、おばあちゃまも私も、あんたら母娘を家族だなんて思ってないから。ママが死んだあと、パパが弱っているところに色仕掛けでつけ込んだだかり母娘よ。

そのあと父親の気を引こうと猛勉強して東大に合格し、パイロットにまでなった里子だが、喜んだのは里子と瓜二《うりふた》つの祖母だけで、父はテレビに出ずっぱりのまなみに夢中だった。結局里子は、父の歓心も得られず、女性パイロット候補生を特集したテレビ取材の映像を妹のまなみと比べられて、ネットで晒し者になっただけだ。

欲張り女、とまなみは嗤《わら》う。欲しがられたいなら、多くを望んではいけない。他人が自分の中身まで見てくれると期待するなんて、そんなのブスの思い上がりだ。人は見たいものしか見ない。パパがそうであるように。パパが見たいのは、ママそっくりな私だけ。惚れた女にそっくりの、若い女。私はそんなパパの視線に応える。そうすれば、私は永遠に彼の主だ。人は、見たいものを見せてくれる者に対しては、ありたけの欲望を差し出すものなのだから。

「しかし、若くして大きな文学賞を受賞された上にそのご容貌では、女性が放っておかないでしょう?」

ベストセラー作家でもある熟年の司会者は、からかうように青山夏樹に尋ねた。

「いえいえ、駆け出しの小説家では食べられないとみなさん知っていますから、さっぱりです」

笑うと、白く整った歯並びが覗く。

「とは言っても、青山くんはご実家が銀座の大画廊ですからねえ」

「えー、ほんとは遊んでるけどテレビじゃ言えないだけだよね?」

もう一人の司会者である女優が横から顔を覗き込む。このあけすけでニュース番組らしからぬ間《あい》の手が人気なのだという。ベテラン作家は、やれやれ、と呆れ顔だ。夏樹は楽しそうにニコニコしている。飾らない好青年。知的で爽やかで、育ちがいい。今頃Ａｍａｚｏｎでは、また飛ぶように本が売れているだろう。

夏樹が生放送への出演を終えてから帰宅したのは、深夜2時近くなってからだった。ソファで寝ていたまなみは、機嫌が悪い。

「急いで帰ってライバル番組を正座して見たんだからね。終わってからこんな時間まで連絡しないなんて、どうしたのよ」

「ごめんね。司会の大先輩とプロデューサーに誘われて飲みに行ったら抜けられなくなって。ウーロン茶で腹いっぱい」

夏樹は酒を飲まない。

「まなみ、生放送見てくれたんだね。有り難う。俺、どうだった？」

素直にそう聞けるのが夏樹のいいところだとまなみは思う。

「よかったんじゃない」

つっけんどんだが、本音だった。あんな好感度の高い男が恋人だと思うと誇らしかった。

「そうか、よかった。まなみが言うならほんとだね。今夜は、〝爽やか若手作家スイッチ〟を入れたんだよ、俺」

「なによそれ」

「まなみの使う〝女子アナスイッチ〟に学んだの。いかにも感じのいい人物になりきってみました」

「ちょっと、ひどい」

シャワーを浴びに行く夏樹の背中に向かってクッションを投げつける。

「嘘つき作家！」

「作家は嘘つきなの。女子アナと同じだよ」

思わず笑ってしまった。賢げにニュースを読んでテレビに映る私と、涼しい顔で紙に妄想を綴《つづ》る夏樹、どっちが恥知らずなのかしら。

バスルームの水音を聞きながら、まなみはスマートフォンで検索サイトの画面を開いた。

「たちきあや」と入力する。


〝立木文《あや》、35歳。ビデオ作品を中心に活動していたが、30歳のときに有名監督の映画でフルヌードの人妻を演じたのが注目され、その後も立て続けに話題作に起用されて、熟女ブームを作る。扇情的な演技と奔放な発言が人気。昨年から土曜夜の「サタデーニュース」にキャスターとして起用され、当初は批判もあったものの、鋭いコメントやユーモアのセンスが評価されて、次第に支持を得る。今年の好きな女性キャスターランキングではプロのアナウンサーらを抑え、ベテランジャーナリストに次ぐ3位に堂々のランクイン。チャームポイントは、長い髪と肉感的な唇。趣味は読書〟

……容貌の衰えを逆手にとって、うまい路線変更をしたものだ。さっき夏樹に絡んでいたときも、作品を全部読んでいることをさりげなくアピールしていたし、司会のベテラン作家を持ち上げるのも抜かりなかった。放送作家の入れ知恵か、マネージャーの戦略かわからないが、「エロ賢い」と男に人気なだけでなく、同世代の女性の支持者も多いという。モード系の雑誌でゲストモデルとしてセクシーなドレスを着たのも話題になった。けれど、もう35歳だ。先は長くないだろう。画面を閉じ、検索履歴を消すと、まなみは部屋着を脱いでベッドに潜り込んだ。明日は休みだ。夏樹と二人でうんと寝坊しよう。

プロデューサーの藤村は、「ウィークエンド6」の特集キャスターに立浪望美を迎えることに抵抗があった。東大出の生意気な女は嫌いだ。しかし報道局長の長谷川が、リニューアル後の低視聴率のテコ入れにと強力に推してきたのだ。大学の後輩ということもあるのだろう。

そもそも産休に入る佐野アリサの後任を決めるときにも、長谷川は立浪望美ではどうかと言ってきた。あのときは藤村の強い意志で、かねて目をかけていた仁和まなみをキャスティングしたのだが、そのまなみで数字がとれなかったのだから分が悪い。いくらバラエティーで人気の女子アナでも、ニュース番組でうまくいくとは限らないぞ、と言った長谷川が、そら見たことかと再び望美の名前を挙げたのだった。

あんなにご執心なんて、何かあったんじゃないだろうかと勘ぐる声もある。政治部の若きスター記者だった望美が男性記者のやっかみを食らって夕方ニュースの地味なミニコーナーのディレクターに異動になったときに、長谷川が番組プロデューサーとしてずいぶんと面倒を見たのだという。

プライドが高く華やかな望美と小柄で貧相な長谷川が男女の仲になるとは想像しがたいが、長谷川は月に一度は公演を見に行くほどの宝塚ファンだ。望美の容姿は、好みとしてはまさにぴったりだろう。起死回生を狙う野心家の望美がその気になれば、色仕掛けなんて簡単だったのではと、見て来たかのように噂する者もいた。

見た目はいい女だけど、性格があれだから結婚できないんだよ。その上局長の愛人だもんな、と飲み屋で盛り上がる男たちは、望美のキャスター就任が面白くない。

望美はそれをよく知っていた。報道記者でございと硬派な顔をしていても、テレビ局に入る男たちは、皆本性は出たがりだ。記者をやるなら新聞社も通信社もある。なのにテレビでやりたいというのは、画面に記者として映りたいからに他ならない。報道の使命だ、ジャーナリズムだと声高に語ってみせても、本音は有名人になりたいだけの男たち。下衆《げす》な欲望を立派な肩書きで覆い隠そうとしても無駄だ。現場からのリポートで深刻そうな表情を作ったり、わざと早足で歩いたりしてみせるのを見れば、そんなのすぐにわかる。私も、同じだ。テレビに出て有名になりたい。自分は誰もが認める知性の持ち主だと証明したい。

局アナ試験を受けたのも、そんな気持ちからだった。ところが、採用試験でわかったのは、マスコミは男の世界だということだ。女に求めるのは、男の扱いやすい範囲での賢さだけ。ちょっとバカなふりをする女の方が、むしろ賢いと評価される。男の本音をわかっている気のきくやつ、ということだ。

最終面接で落ちたとき、これは現代の花魁《おいらん》だと気付いた。知識と教養と美貌を兼ね備えていても、最終的には男に買われる女たちなのだ。より高値で買ってもらうためには、金で脚を開くような女ではありませんというふりをしなくちゃならない。自分で自分の値をつり上げて、男の欲望を最大限に引きつけるのだ。その才覚に長《た》けた女が生き残る世界なのだと。

私は違う。男に買ってもらわずとも、男以上にいい仕事をして世間に認められる才能がある。幼い頃から優秀だった。いくら優秀でも、美人で得をしているとしか言われないのが悔しかった。私は生まれつき頭がいいのだ、その辺の人間よりも、ずっと。誰憚《はばか》らず、それを世の中に証明したい。けれど、男と対等に仕事ができると思った政治記者の仕事でも、やはり結果は同じだった。美人記者と呼ばれ、女の武器を使っていると噂を流され、キャスター抜擢も局長とできているからだと言われる。この容姿も性別も、私が選んだわけじゃない。平凡な容姿の平凡な能力の人間が選んでそうなったのではないのと同じように、私も何一つ選べなかったのだ。こんなものを押しつけられて。煩わしいだけの、女の容《い》れ物。


「おはようございます」

望美は打ち合わせ室に入ると、藤村に一礼した。

「よろしく。いよいよキャスターデビューだな」

藤村がにこりともせずに言う。

「よろしくお願い致します」

まなみが立って礼を返した。細いブルーのストライプのシャツワンピース、右手の薬指には、金のチェーンに小さなダイヤモンドがついたリングをつけている。夏樹がサプライズでくれたギフトだ。

「仁和さんさ、先週のインタビュー見たけど、国会議員と話すときにキャスターが『先生』って言ったらおしまいだから」

座るなり望美は言った。

「すみません、そうじゃないと失礼かと」

「台本にそう書いてあったの？」

「はい」

望美はバッグからノートパソコンを取り出した。大きな真新しい黒いバーキンにこれが入っているのだから、相当な重さだろう。それでもバーキンを持ちたい望美の意気込みに、まなみは失笑しそうになる。

「あなた入社何年目？」

望美は同席している若い女性ディレクターに尋ねた。

「7年目です」

「台本書いたのあなたよね。なんで『先生』なんて言わせるのよ。番組ではキャスターとゲストは対等よ。まして女子アナに政治家を先生って呼ばせるなんて、接待ショーじゃないんだからさ」

「すみません」

「なんならスタジオの構成も私がやるから、あなた手を出さないで」

こんなに敵意や自己顕示欲をむき出しにして、恥ずかしくないのだろうか。ファッションにはずいぶんと気を遣うようなのに、立浪望美がその点だけは全く無防備なのが滑稽だった。中年になるってそういうことなんだとしたら、年とる前に死んじゃいたいな。帰ったら夏樹に話そう、とまなみは思った。

藤村が電話に出た。廊下に出てしばらくすると、戻って来てまなみを呼んだ。席を立って廊下に出たまなみに、藤村が顔をこわばらせて尋ねた。

「今の、アナウンス部長から。まなみ、写真撮られたって本当か」

写真週刊誌か。覚悟はしていたが、声が出ない。

「明日発売の号に載る。前にうちともめた『週刊ＥＹＥ』だから、好意的な記事とは限らないぞ。相手は誰だ」

「おつき合いしている人はいます。作家の青山夏樹さんです」

「もう一人は」

まなみは意味がわからない。

「二股記事らしい。まなみ、もう一人の男は誰だ？」

どういうことだろう。夏樹以外の男と二人で出かけたことはない。一体どこでそんな写真を撮られたのか。

「おまえじゃないなら、向こうだな」

藤村の言葉を、まなみは信じがたい思いで聞いていた。夏樹が二股？　まさか。もらったばかりのリングを無意識に確かめる。

「広報に行くぞ」

藤村に手を引かれながら、まなみは指先が冷たくなっていくのを感じていた。

第三章

テレビ太陽の上層階には、総務や経理などの管理部門のセクションが入っており、フロアは人の出入りの多い制作局や報道局と違って整然としている。エレベーターを降りると、同じ社内とは思えない、よそよそしい空気が流れていた。広報室の手前で立ち止まると、藤村は人目がないのを確かめてから、まなみに尋ねた。

「作家の青山って、こないだ賞をとったあの青山夏樹か？」

「はい」

答えながら、まなみは藤村の反応を窺った。作家と聞いて、驚いただろうか。端整な容姿、裕福な実家、誰もが認める才能。何誌もの雑誌の表紙を飾る時代の寵児《ちょうじ》、青山夏樹。そんな人気作家の欲望を独り占めしているのが、仁和まなみなのだ。

藤村は腕組みすると、ため息をついた。まなみは夏樹にもらったリングを見つめている。

「そんな大事なこと、なんで俺に黙っていたんだ」

藤村のタバコ臭い息が顔にかかる。言うわけがないだろう。いくらプロデューサーだからって。さっき藤村に摑まれた手首を背中に回して、まなみは身体を引いた。

「すみません。ほぼ一緒に住んでいる状態ですので、マンションの前で張られていたのかも知れません」

「結婚は？　一緒に住んでるってことは、そのつもりでつき合っているんだろう」

番組責任者として事情を聞いているのだろうが、口調からはもっと粘ついた詮索が感じられる。

「いえ、特にそういう話は、まだ」

一度も想像しなかったと言えば嘘になる。でも夏樹とそんな話をしたことはない。結婚するなら、最も効果的なタイミングを慎重に選ぶべきだ。

藤村は周囲を窺うと、まなみの両肩に手を置いて、顔を覗き込んだ。コットンの薄い生地越しに分厚い掌の湿気が伝わってくる。

「まなみ、おまえほんとに二股かけてないだろうな？　身内に嘘つくのだけは勘弁してくれよ。このあと役員にも話を上げなきゃならないんだからさ。二股写真らしいです、っていうだけでも大ごとなんだぞ。事と次第では、社としてとるべき対応が違ってくるんだ。言ってること、わかるよな？」

口調は平静を装っているが、目が血走っている。

「私はそんなことしていません。それに、彼が他の人と何かあるという話も、信じません。

写真を見てもいないのに、決めつけないでください」

身をよじるまなみを押さえつけて、藤村はなだめるように言った。

「いいかまなみ、これは考えようによってはチャンスだ。おまえはあくまでも二股かけられた側、被害者だよな。おまえは、悪くない。いいな？　二股かけるとかけられるじゃ、全然違う話なんだよ」

「どういうことでしょうか」

藤村の手が緩んだ。指先がまなみの両肩から肩甲骨に回り込み、太い親指が弧を描いて鎖骨の端を撫でる。まなみの上腕の肉付きを確かめるように掌に再び力を込めると、藤村の息は生臭く熱を帯びた。

「いいから、俺に任せておけ。ピンチはチャンスって言うだろう？　ワイドショーで連日この話をやれば、おまえが週末にどんな顔でニュースを読むのか、みんなが見たがる。二股被害者の仁和まなみが、辛《つら》いのをこらえて健気に画面に出れば、間違いなく視聴者の共感を得るだろう。世間は堕《お》ちたアイドルが大好物だからな。しかも相手は腐っても人気作家だ。向こうの株は下がるだろうが、仁和まなみのイメージはもはや知的で気丈な大人の女だ。最高の脱アイドルだよ。そこいらの女子アナや、あばずれ女優キャスターなんて、悲劇のヒロインの前には吹っ飛ぶさ。

『ウィークエンド6』のリニューアルは、持ち上げられて調子に乗った青山先生のおかげで大成功だ」

一気にまくしたてた藤村の欲望に灼《や》かれた目が、汚れたレンズ越しにまなみを捉えていた。

広報室の空調に冷やされても、両肩に残った藤村の体温はいつまでも消えない。振り払いたい衝動をこらえながら、まなみは自分に味方なんて一人もいないことを知った。藤村も他の人間も、保身のために私を利用したり、厄介払いしたりする算段を講じているだけだ。会社なんてそんなものだとわかっているけれど、夏樹のことだけは信じたい。私が手に入れた絵になる恋が、みっともないまがい物だったなんて、絶対に認めたくなかった。私は、仁和まなみ。みんなが羨む、神様に愛される特別な女の子なのだから。

「今夜から当面、会社の近くのホテルに泊まるように」

最後にアナウンス部長からそう告げられると、まなみは頭を下げて部屋を出た。何度もメッセージを送っているのに、夏樹からの返信はない。長い呼び出し音のあとで、夏樹の電話はまたも知らない女の声で、伝言を残すようにと答えるだけだった。

区役所の案内板に目を凝らすと、二階の隅の方にひよこの形の黄色いシールが貼られていた。まるまるとしたフォントで「ぴよぴよルーム」と書かれているが、元は会議室か資料室だったのだろう、ひよこの尻尾の方がめくれて「室」という字が半分覗いている。

娘の愛はさっきまでむずかっていたが、今はよく眠っている。ようやくお昼寝の習慣がつきそうなのに、と間の悪さを呪いながら、アリサはベビーカーを押してエレベーターに乗り込んだ。毎日のように訪れる姑の房江から逃れるために、区の母親交流会を予約したのだ。理由は何でもいいから、乳児と二人きりの部屋から出て、外の空気を吸いたかった。

エレベーターのドアが閉まりかけたとき、赤ん坊を抱いた若い母親がやって来るのが見えた。咄嗟《とっさ》にボタンを押してドアを開け、どうぞと声をかけると、礼も言わずに乗って来た若い母親の耳のイヤホンからは、耳障りな音が漏れている。手にしたスマートフォンの画面を忙《せわ》しなく指で繰りながら、二階のボタンが押されているのをちらりと見ると、女は再び画面に視線を落とした。

赤茶けた髪、濁った肌。粗いラメを瞼《まぶた》に塗りたくって、ぼってりと安物のマスカラをつけたこんな女を母親に持ったこの子は、なんて可哀想なのかしら。リボンをつけたピンクのどくろマークを散らした産着にくるまれた女の子が、ムチムチとした脚をばたつかせてアリサの方を見た。すぐには読めないような名前をつけられていそうなこの子もきっと、小学校の高学年にもなれば、母親と同じようにスマートフォンをいじりながら商店街をうろつくようになるのだろう。

アリサは一瞥して母娘を哀れむと、大きな黒縁の眼鏡を指でそっと押し上げた。愛を区立の保育園に入れたら、こんなレベルの低い母親の子どもと一緒になるのか。

……保育園なんて、許しませんよ。愛ちゃんが可哀想じゃない。姑の房江の声を思い出す。アリサの仕事復帰に強固に反対している房江は、息子を育てたのと同じように、孫を名門一貫校の幼稚園に入れると言って聞かない。当の邦彦は、私学一貫校なんて親の見栄《みえ》に子どもがつき合わされただけだよ、と皮肉っている。俺は親父と違って医学部に入れなかったから、おふくろも当てが外れただろうけどさ……けれど父親が亡くなってからはあまり無下にもできなくなったのか、夫の邦彦は、母親のくどくどしい話にも口を挟まなくなった。聞き流しておけばそのうち諦めるよ、と言って仕事に出かける邦彦が、なぜ「愛は保育園に入れる」と房江に強く言ってくれないのか、アリサは恨めしく思っている。

「ぴよぴよルーム」に集まった親子は10組ほどいた。誘い合って参加したのか、楽しそうにお喋りしている母親たちもいる。ついこの前まで、7年間も全国放送でニュースキャスターをしていた自分が、平日の昼に子どもを抱いてこんな庶民的な場所にいる。あのテレビ太陽「ウィークエンド6」メインキャスターの佐野アリサではなく、無名の新米ママ・村上アリサとして。アリサは自分の堅実さに満足した。

母親たちが揃うと、司会役の区の保健師の女性が、みなさん自己紹介をと促した。テレビ局で12年間働いてきたアリサにとって、世間の主婦がこんなにも口下手とは驚きだった。不明瞭で、自信なげで、要領を得ない。いい大人が、こんな幼稚な話し方しかできないのか。素顔に黒縁眼鏡の自分にまだ気付いた様子の母親がいないのも、不満だった。とてもニュースなど見そうにない人々だから当然だとまたもアリサは納得する。アリサにとって、ニュースは「まっとうな人たちが好んで見る上等なもの」だった。高校の教師であるアリサの母親はいつもそう言っていた。見るもの聞くものがその人を作る。朝は新聞を読んで、昼は真面目に働き、夜はニュースを見て、趣味は読書。そういうまっとうな人たちが世の中を作っているのよ。あなたも人のお手本になりなさい。尊敬されない人間なんて、生きている価値がないの。

けれど彼女たちはどうだ。芸能人の噂話と占いと、せいぜいツイッターで仕入れたいい加減な知識しか頭に入っていない。そんな女が人の親になるなんて、ゾッとする。

さっきの若い母親の順番が来た。びっくりするほどあどけない声で、ぺたぺたと切り貼りしたような喋り方だ。自制できずにセックスして、考えもなく子どもを作るこういう母親が、きっと子どもを虐待するんだわ。アリサは、愛をぎゅっと抱きしめた。そんな家の子とは、絶対に遊ばせない。愛のことは、私がしっかり守らなくちゃ。順番が来たので、アリサは眼鏡を外すと、自己紹介をした。

「村上アリサです。今は育児休業中ですが、来年からは仕事に復帰しようと思っています。保育園でご一緒するかも知れませんので、みなさま、今後ともどうぞよろしくお願い致します」

にっこりと笑って、母親たちの反応を見る。案の定、あっという顔をして、隣りの人に耳打ちをした母親がいた。気付かなかったふりをして、アリサは慎《つつ》ましく頭を下げた。キャスターとして認知されたらしいことが気持ちを高揚させる。有名人であり、母でもある私。外した眼鏡をかけようと顔を伏せると、愛の甘い香りのする髪の毛がフワフワと頬をくすぐって、アリサはたまらなく幸福な気持ちになった。

育児指導を受け、赤ちゃん体操をして、交流会は終わった。帰り支度をしていると、さっきアリサに気付いた母親が、もう一人と一緒にやって来た。

「あの、アナウンサーの方ですよね」

「はい」

にこやかに答える。名前で呼ばれなかったことがひっかかる。私はただのアナウンサーとは違うのに。

「仁和まなみさんと同じ局の人ですよね？」

「私、彼女のファンなんです」

隣りの女が無神経にはしゃぐ。

「さっきネットニュース見ました。仁和さん、大変そうですよね。頑張って、って伝えてください」

ネットニュース？　今日は愛が朝からぐずりっぱなしでネットどころではなかった。スキャンダルだろうか？　早く見たい。

「あの、一緒に写真撮ってもらってもいいですか？　旦那に見せたいんで」

私の名前も思い出せないのに？　会社の規則で撮影には応じられないんです、ともっともらしい理由をつけて辞退すると、アリサは急いで区役所を出た。昼寝をし損ねた愛がベビーカーの中でまたぐずり始めたが、今はそれどころではない。すぐにまなみのニュースを調べないと。区役所前広場のベンチに座ると、アリサは黒い麻の日よけ帽のつばを下げて、スマートフォンの画面を繰った。横のベビーカーで愛がむずかっている。頭上の枝で蝉《せみ》が鳴き出したのをいいことに、アリサはそれを放っておく。

エンタメニュースのトップにその項目はあった。

〝キャスター苦戦の仁和まなみ、同棲中のイケメン作家に衝撃の二股発覚!!　そのお相手とは……〟

もどかしく画面を繰って一気に続きを読み終えると、アリサは夫にメールした。

――帰りに牛乳と、「週刊EYE」を買って来てください

最後にハートマークをつけた。

蝉の声が途切れて、愛が泣き声を上げげた。小さな柔らかい体を抱き上げて、アリサは優しく背中を叩いてやる。とんとん、とんとん、愛ちゃん眠たいねえ。お外は暑いから、ママとおうちに帰ろうねえ。愛はしばらくむずかっていたが、やがて長い睫毛を濡らして、うとうとと眠りについた。ほうら、寝かしつけだって私は上手なのだ。

さっきの母親たちが広場の向こうから、またこちらを見ている。きっと今私は、満ち足りた母の顔をしているだろう。あの女たちが望んでも得られない仕事と、誰よりもいい子で可愛い娘。ひとりぼっちで惨めな仁和まなみには、手の届かない世界。アイドル扱いさ

れて勘違いした女たちは、みんな不幸になる。神様は、ちゃんと見てくれているのだ。誰が真面目で、まっとうかを。

帰ったら、「ウィークエンド6」と「サタデーニュース」を録画予約しなくちゃ。帽子のつばを上げて、アリサは悠々と広場を横切った。向かいのベンチまで行くと、さっきの母親たちは、もういなくなっていた。

掲載されたのは、夏樹と二人でマンションに出入りするまなみの姿と、深夜の西麻布交差点で抱き合っている夏樹と立木文の写真だった。

「週末ニュースのライバルが男も取り合い⁉　爽やか作家の裏の顔に、女の泥沼戦争勃発！」とある。

〝人気女優・立木文をキャスターに据えた「サタデーニュース」に視聴率を奪われた老舗の「ウィークエンド6」は、アイドルアナ・仁和まなみをキャスターに抜擢して巻き返しのリニューアルをはかった。しかし視聴率は振るわず、ついに仁和まなみも賞味期限切れかと言われていたところへ持ち上がったのが、今回の二股騒動だ。

「サタデーニュース」に出演した青山夏樹がキャスターの立木文と放送後に意気投合。スタッフとの飲み会を抜け出して、深夜の路上で熱い抱擁を交わした瞬間を本誌がキャッチ。このあと二人は立木のマンションのある路地の奥へと消えて行った……視聴率も恋人も立木文にとられた仁和まなみは、果たして立ち直れるのか!?〟

嘘だ。まなみは写真を凝視した。あの日、遅くに夏樹は帰宅した。立木文との抱擁が事実だとしても、そのあと夏樹はタクシーに乗って、まなみの待つ部屋に戻って来たのだ。男性司会者とプロデューサーに誘われて飲んだと言っていた。周りにスタッフがいたのに、きっと立木文と夏樹の二人だけをズームして撮影したのだろう。おそらく、酔った立木が若い夏樹に抱きついたので邪険にもできず、夏樹もふざけてハグを返した。たぶんそれだけのこと。

夏樹は、あの日も私をすごく欲しがった。翌日の昼近くまで、ベッドで過ごしたのだ。私を欲しがるときの夏樹はいつも切実だ。他の何もいらないからまなみとこうしていたい、そのためなら、二度と小説が書けなくなったっていいとまで言う。今までは、テレビに出ている女を好きなようにしていることに恍惚《こうこつ》とする男ばかりだった。でも夏樹は違う。夏樹は自分の欲望を差し出して、私の欲望に仕えてくれる。私が欲しい快楽を全部与えてくれるのだ。彼の才能は私のものだ。私がいないと書けない、と彼は言ったのだから。こんなでたらめな記事、信じない。

それにこれじゃ、まるで私が間抜けで可哀想な女みたいじゃないか。数字も男もライバルにかすめ取られたなんて。あんなあざとい中年女優には負けない。みんなが見たがる悲劇のヒロインを演じきれば、きっとうまくいくはずだ。そうやって藤村に恩を売っておけば、しばらくは今のまま画面に出続けることができるだろう。

連絡がとれなかった夏樹から電話があったのは、夜になってからだった。

ごめん、誤解を招くような写真を撮られて申し訳ない。でも信じて欲しい。俺にはまなみだけだ。立木さんとは何もない。放送のあと、みんなで飲んだだけ。賞で注目されたからって、こんなことをされるとは思わなかった。脇が甘かったよ。また追いかけられるとまなみに迷惑がかかるから、しばらく家には戻らない。出版社がとってくれたホテルにいるから。

声は確かに憔悴《しょうすい》しきっていたけれど、話はそれだけだった。もしかしたら……夏樹は昨日からずっと立木文と連絡を取り合っていたのかも知れない。まなみの目を盗んで、二人は本当に会っているのかも。

まなみは思案した。たとえそうだとしても、きっと夏樹もわかっているはずだ。青山夏樹の恋人としては、成り上がりの中年女優よりも、美人キャスターの方が様になる。作家も人気商売だ。イメージとしてどちらが得かは明らかだろう。仁和まなみにとっても、人気作家の恋人という肩書きは得がたいブランドだった。まだこの恋を手放すわけにはいかない。藤村の言う通り、やりようによっては、飛躍のチャンスかも知れないのだ。ベッドで身体を丸めたまま、まなみは電話の向こうに囁《ささや》いた。

「大丈夫、信じてる。私、夏樹のこと愛してるから」

愛って何だろう、とまなみは思った。たぶん絵空事だろう。でもそれで誰かが手に入るなら、私はいくらでも愛を語ろう。テレビも小説も、きっとそのためにあるのだから。

店のソファで会計を待ちながら、立浪望美は塗り上がったばかりのジェルネイルを満足げに眺めた。キャスター出演するようになってからは、今まで以上に気を遣っている。

女は肌と髪と爪をきれいにしておきなさい、が望美の母の口癖だ。気のきいたことを言うよりも、身ぎれいにしていることの方が大切なのよ。男の人はね、女の話なんか聞いていないの。でも、美しい肌やつややかな髪には触れてみたいと思うものよ。私もお父様と最初にデートしたときに褒められたのは、髪と爪の美しさだったわ。そんな母親に反発しているのに、いや反発しているからこそ、落ち度を見せたくなかった。画面に映った爪の色が剝げていたら、すぐにダメ出しのメールが来るだろう。文句を言われたくない。完璧な女でいなくては。肌をきれいに見せるピンクベージュのフレンチネイルが、望美の定番だった。

「次回のご予約はどうされますか?」

伝票を持って来たサロンの店長が尋ねる。添えられた銀のボールペンでクレジットカードの伝票にサインしながら、望美はため息をついた。

「せっかく予約してもまた会議が入って、時間変更のご迷惑をおかけしてしまいそうで」

「いえいえ、お気になさらないでください。立浪様はお仕事がお忙しいですから。お店の子はみんな、立浪様のファンなんですよ」

店長はにこやかに、レジにいる若い子を振り返る。

「もしご変更の際はまたいつでもお電話くださいね。どうしても難しい場合は、開店時間よりも早めに始めることもできますので」

キャスターとして毎週画面に出るようになってから、店の対応が変わった。特別扱いされるのは心地いい。

「有り難う。ニュースって意外とよく指先が映るのよ。番組のエンドロールに、サロンの名前、入れてもらおうかしら」思わず軽口を叩く。

「わあ、嬉しい。ぜひぜひ、お願い致しまーす」

口々に礼を言いながら見送ってくれる店員たちに軽く手を振って、望美は上機嫌で歩き出した。風は肌寒いけれど、ショーウィンドーが温かな光を連ねて、表参道の街並みは美しい。今、まさに光の当たるところに身を置いている私に、この街並みはぴったりだと望美は思う。ヒールの音をリズミカルに刻みながら、顔を上げて坂道を上った。

けれど、と望美は苦々しく思う。望美には衣装代は出ていない。メインキャスターの仁和まなみには専属スタイリストまでいるのに。本来は局アナに専属スタイリストはつかないものだが、仁和まなみはプロデューサーの藤村のはからいで、タレント気取りで毎週入念に衣装合わせをしている。一方、おまえは記者なんだから自前で出ろと藤村に言われた。だから私は自腹を切って、画面に出ても恥ずかしくない服を用意しているのだ。ボーナスはほとんど服代に消えた。

今朝も母から、先週の服は顔映りがよくなかったとメールが来たばかりだ。奮発して買った10万もするＩＳＳＡのワンピースだったのに。スタッフには好評だった。けれど、母の好みには合わなかったのだ。なにかと文句をつけてくる母が疎ましくてたまらないのに、母にけなされた服は二度と着る気になれなかった。

仁和まなみは、恋人の二股騒ぎの直後の放送で、世間を騒がせたことを謝罪して同情を集めた。そのとき生放送で涙を浮かべながら語った「写真ではなく、彼のことを信じています」というコメントは、名台詞《めいぜりふ》として流行語になっている。堕ちたアイドル見たさに視聴率が上がったのは一時的なことだったが、今まで醜聞知らずだったまなみのスキャンダルに世間は沸いた。週刊誌は、悲劇のヒロイン・仁和まなみの生い立ちから私生活までを毎週書き立てている。〝完全無欠のアイドルアナは大病院の院長の愛人上がりの後妻の子で、ミスキャンパスもやらせだった……。〟

一方でOL向けのファッション誌では、早くも「傷ついても愛を貫く人」という扱いで恋愛特集に登場している。まなみの恋人の青山夏樹は、端整な容姿と柔らかな文体で女性に絶大な人気がある。華やかなキャスター二人と浮き名を流したことで、むしろ「現代の光源氏」などともて囃されていた。傷ついてもなお夏樹を信じるまなみの一途《いちず》さは、それまでの人気女子アナの優等生イメージをがらりと変えて、女性の共感を得た。

テレビ太陽の社内でもそんな流れを察知してか、まなみをメインに据えた世界遺産の特番や、美術館巡りのBSレギュラー番組の企画が立ち上がった。辛い生い立ちやみっともない過去を乗り越え、ひたむきに恋する知的な女性というイメージは、まなみに新しい展開をもたらした。

かたやライバル番組「サタデーニュース」のキャスターを務める女優の立木文は、今回の騒動に際してあっけらかんとしたものだった。番組が始まるなり、

「ちょっとみんな、写真見たあ？　イケメンだから若いエキスもらおうと思ってさあ、番組のあとお持ち帰りしちゃった！」

と言ってのけ、ぎょっとした熟年キャスターに腕を絡ませて、

「ま、でもふられちゃったから、やっぱおじ様についていく」

とおどけてみせたのだ。不謹慎だとクレームもあったが、思わず笑ってしまう間のよさと、憎めない明るさがかえって支持を集めた。いかにも立木文らしい。番組は、相変わらず絶好調だった。

じり貧の「ウィークエンド6」の中でも特集コーナーだけを見れば、望美が出るようになってから前より視聴率が安定している。テンポよく、切り口も鋭くなったと社内でも好評だった。望美は報われた思いだった。私生活で世間の注目を集めて、ちゃっかりステップアップするまなみのような女をもて囃す世間は許せない。でも、ちゃんと実力を見てくれる人もいるのだ。優秀なキャスターだと認められた自分が誇らしかった。

――望美ちゃん

番組見ました。黒みのきつい柄物はあなたには似合いません。険のある顔つきに見えます。

仁和アナと噂の青山夏樹さんの小説、読みました。あんな安手の書き物がもて囃されるのは嘆かわしいことです。実家の青山画廊、大画廊などと言われているけど、混乱期にはずいぶんとまがい物を扱って成り上がったようです。

仁和アナの実家の仁和病院は、女優のRやMが出産した病院です。院長の再婚相手はもともと愛人だった看護師で、その連れ子が仁和アナだとか。腹違いのお姉さんは栄泉学院付属から東大、パイロット。優秀な方のようだけど、お気の毒なご面相で。

あなたはこういう話をいつもうるさがるけれど、ライバルのことはちゃんと知っておかなくてはいけません。

若さに対抗するには、気品と華やかさですよ。このところの容色の衰え、心がけが足りないのでは。


いい本を見つけたので送ります。

またメールします。

母より

帰宅すると、郵便受けに届いていたのは美容本だった。あちこちに赤い線が引いてある。母が重要だと思った箇所にはこうして印がついているのだ。望美は本をキッチンのゴミ箱に放り込むと、袋の口を縛ってゴミ置き場へと運んだ。

こんなゴシップ好きで愚かな女が母親だなんて、耐えられない。母はいつも噂話と見た目のことしか書いてこない。特集の内容や、望美のキャスターとしての手腕には一切触れないのだ。昔からずっとそうだった。100点を何回とっても、褒めてくれない。努力が足りないのだろうかと思い悩んで一層勉強に精を出しても、母の関心は容姿のことばかりなのだった。どうすれば、この人は私を認めてくれるのだろう。母への嫌悪と執着がないまぜになって、望美は息ができなくなる。逃れようともがくほど縄目がきつく締まって、いつまでも母の呪縛から逃れられないのだった。

集積所に投げるようにゴミ袋を置いて部屋に戻ると、望美は繰り返し手を洗った。仕上げに爪ブラシで隅々まで擦《こす》ってから、フランス製の最高級ハンドクリームを丹念に塗り込む。ようやく楽になった呼吸が、バラの香りを胸の奥まで届けてくれる。つやつやと光るネイルを洗面台の明かりにかざすと、薄桃色の爪の向こうに、青黒いクマの浮き出た中年女の顔が映っていた。

メールの着信音が鳴った。佐野アリサはむき出しの乳首を急いで娘に含ませる。泣いていた娘の愛は、小さな口いっぱいに乳首を頬張ると、じゅうじゅうと音をさせて乳を飲み始めた。

今日もほとんど誰とも話していない。夫を送り出したあとは、愛と二人きりの密室だった。天気がよければ散歩に行けるのに、こうして夜まで冷たい雨に降りこめられていると、時間の流れがわからなくなる。誰でもいいから、外の世界と繋がりたかった。

メールは、アナウンス部の庶務の金井からだった。「お久しぶりです。土曜の午後、近くまで行く用事があるので、会えませんか？　友達も一緒なんですけど」「もちろん！」とアリサは返信した。愛を連れて、ちょっとおしゃれして出かけよう。すっかり沈んでいた気持ちが晴れた。

金井はアナウンス部の庶務担当の派遣社員で、今どきの若者らしくどことなく中性的でひょろっとしている。話しやすい人柄なので、みんなに好かれていた。アリサともよく話をする仲だ。産休に入ってからは、会社宛に来た郵便物の転送などで細かく気を配ってくれるので助かっている。

待ち合わせは近くのファミリーレストランだったが、所帯染みて見えないようにと、アリサは濃紺のワンピースを選んだ。伸びきったお腹の皮をガードルに押し込めば、妊娠前の服もなんとか着られるようになった。知り合いの大学教授の退官パーティに出席するために買ったハロッズのワンピース。まだ新しいから、お受験教室の1歳児クラスの説明会にもこれを着て行こうか。

先週、愛を小児科に連れて行った帰りに駅前の調剤薬局で読んだ女性週刊誌の記事を思い出す。

高学歴の仁和一族の中で、院長の愛人の後妻だけが看護学校出身だった。その娘である仁和まなみは名門・栄泉学院付属の中学、高校と落ち続け、父親が寄付金を積んで大学から入れたという。ミス・栄泉学院になれたのも、有名病院の院長である父親が実行委員会に金を握らせたのだと。代々栄泉学院か東大出身の仁和家では、出来の悪いまなみは一族の落ちこぼれ扱いだったというが、父親はまなみを溺愛したので一族の反感を買った。噂に聞くエリートの姉との確執も、そういうことだったのか。

ならば、姑にしつこく勧められている愛の栄泉学院幼稚園受験も、悪くないかも知れない。合格したら、私の娘は、仁和まなみがなりたくてもなれなかった栄泉付属上がりだ。そして私は母親として、栄泉ソサエティーの一員になれる。今まで仕事復帰にばかり固執して姑に反発してきたけれど、どうしてそのことに気がつかなかったのだろう。実家の母を呼び寄せれば、仕事をしながらでも、愛を幼稚園に通わせることができるかも知れない。

アリサはふつふつと闘志が涌《わ》き上がるのを感じた。この子に、勝ち組の切符を握らせたい。まなみの悔しがる顔が見たかった。

店に着くと、金井の隣りには、細身の男が座っていた。整った小さな顔に、薄いひげを生やしている。愛を抱いて現れたアリサに、二人は立ち上がって挨拶をした。

「うわ、佐野さん、赤ちゃん産んだのに全然変わってないじゃないですか。ていうか、すげえちゃんとしてる」

アリサはいい気分だった。

「有り難う。このベビースリングも、英国王室御用達のブランドなのよ」

「へえ、なんかセレブだなあ」

金井は眩しそうな顔をした。

男は背の高い金井に比べると小柄だったが脚が長く、淡いグレーのニットの襟元からわずかに覗く白いシャツがよく似合っている。アリサは少しどぎまぎした。

注文を済ませると、

「えっと、今日は佐野さんにぜひ会わせたい人がいまして」

と金井が切り出した。

「なによ、急に改まって。……もしかして、結婚?」

アリサは、金井の彼女が現れるのではないかと期待した。今までその手の話、全然聞かなかったから。最近の20代はそういう子も多いというが、金井もまだ童貞だと噂されていた。

「いえ、こいつが久々に佐野さんに会いたいって言うんで、連れて来たんです」

金井は、隣りの友人を指差した。

アリサは男を見た。形のいい眉と長い睫毛、なめらかな肌。こういうおしゃれな感じの男とは、ついぞ縁がなかった。

「ごめんなさい、どこでお会いしたのかしら」

「あの、滝野です」

落ち着いた優しげな声をしている。

「滝野さん……えっ、もしかして、滝野ルイちゃんのご兄弟？」

失踪した滝野ルイ。どうしているのかと、ずっと気になっていた。兄がいたかどうかは覚えていないが、もしかしたら、昼休みに会社のそばでルイが兄妹《きょうだい》でランチしているときに偶然会ったのかも知れない。

「わあ、そう言えば、よく見ると似ているわ。いつお会いしたのかしら。彼女の新人研修の頃でしょう？」

「そう、ですね……」

白いシャツの襟の間で小ぶりののど仏が上下して、その先の言葉を飲み込んだ。若い男と話すのは久しぶりだ。気恥ずかしさから、アリサはつい言葉数が多くなる。

「ルイちゃんは今、どうしているの？　家出したって聞いたから心配で。あのときはずいぶん騒がれて、ご家族も大変だったでしょう。もう何年になるかしら」

「5年です。今は独立しているんですけど、親といろいろあって」

「そう、お仕事は何をしているの？」

「服を売っています。福岡のショップにいたんですけど、今度、先輩が店を出すので一緒に来て欲しいって言われて、久々に東京に戻って来ました」

男の切れ長の目尻がようやくほころんで、チャーミングな笑顔になった。思わずきゅんとしてしまったのを誤魔化そうと、アリサは早口で続ける。

「うわあ、会いたい！　今日は、それを知らせてくれるためにわざわざ？　有り難うございます。私、育休中で時間あるし、今度会いに行くわ」

「いや、佐野さん。だから今日、連れて来たんですって」

金井が割って入った。

「ほんと？　嬉しい！　どこにいるの？」

アリサは振り返って、店内を見回した。子連れの家族とカップルが数組いるだけで、それらしい人の姿はない。

「ここです」

声がしたのは、滝野の方からだった。

「僕が、滝野ルイです」

アリサがすぐには事情を飲み込めずにきょとんとしているのを見て、金井が話し始めた。

「話すと長いんですけど……つまりは結論から言うと、滝野ルイは、今は男なんです。いや、もともと男なんですけど、見た目が女だったんで、ずっと大変だったのを、やっと男として生きられるようになったというか。で、今度東京に戻って来たから佐野さんに挨拶したいと言うので、僕が連れて来たというわけです。友達として」

質問したいことがあまりにもたくさんあって、アリサはなかなか言葉が出ない。

「びっくりさせてすみません。一切連絡をしていなかったので失礼な話なんですけど……佐野さんには研修の頃いろいろ相談に乗って頂いたのに、それきりご挨拶もないままになってしまったので、いつかちゃんとお話ししたかったんです」

と話す顔をじっと見れば、なるほど確かに滝野ルイのようだが、ひげが生えている。乳房は、切除したのだろうか……金井が私を揶揄《からか》おうとしているのかも知れない。

「ごめんなさい、ほんとに滝野ルイちゃん？　お兄さんじゃなくて？　金井くん、冗談はやめてね」

思わず胸元に目がいく。アリサの視線を追って、ルイが言った。

「すみません……急に言われても信じられませんよね。ほんとに、滝野ルイです。4年ぐらい前からこんな感じです。胸は……こういう下着があるんです。押さえつけて平らにするのが。男性ホルモンを打っているんですけど、手術はしていないので」

言いづらいことを言わせてしまったのかも知れないとアリサは狼狽《ろうばい》した。

「そうなの……ごめんなさい、疑ったりして。ちょっとびっくりしてしまって」

「佐野さんは、もうお母さんなんですね。おめでとうございます」

「有り難う。娘の愛よ」

アリサは微笑むと、スリングの中で眠っている愛の顔をルイに見せた。

「愛ちゃん。いい名前ですね」

ルイは珍しそうに愛を見た。こうして話していると、感じのいい青年だ。陰のある美人だったルイよりも、むしろ明るくて爽やかな印象さえ受ける。自分の生きたいように生きている今は、鬱屈が少ないのだろうか。

「滝野さん、会えてよかったわ。ずっと気にかかっていたから」

それは本音だった。

「金井くんとはどこで知り合ったの？　二人が友達だなんて知らなかったわ」

アリサは金井を見た。

「滝野がテレビ太陽に入社した頃、僕は人事部で庶務をやってたんですけど、滝野とは同い年ってこともあって、人事研修中から結構話したりしてたんですよ。そしたら、現場研修でセクハラに遭ったみたいな話から、悩みを打ち明けられて」

「ああ、藤村さんのでしょ。ひどいわよね、私も聞いたわ」
なんだ、金井にも相談していたのか、とちょっとがっかりする。
「で、いろいろ話してるうちに、そもそもこの身体が嫌、みたいな話になって、へえそうなんだと。自分は男なのに、女だと思われるのが嫌、親もわかろうとしない、とか。まあ僕の場合は同性が好きだったりするんで、事情は違うけどその辺の生き辛さはちょっとわかる気がしたんですよね。どういう風に生まれてくるかなんて、自分じゃ選べないじゃないですか。神様を恨んでもしょうがないし、でも親にも認めてもらえないとなると、結構しんどいなと。

なんか滝野の場合は考え過ぎてぐるっと回って女子アナなんかになっちゃったもんだから余計ややこしいんですけど、とにかくこのままずっと親に義理立てすると自分が壊れちゃうよ、って話したんですよね」

そんなこと、ルイは私には話してくれなかったと、アリサは金井に嫉妬した。それにしても、ルイが自分を男だと思い込んでいるなんて……なぜアナウンサーになったのだろう？　若いうちは特に、いかにも女を売り物にしているような見方をされることも多い。そんなこと、試験を受けるときからわかっているだろうに。金井が同性を好きだというのも知らなかった。そんな人は今まで身近にいなかったから、どう反応していいかわからない。

「金井くん、あの私、何も知らなくて。ずっと彼女がいないっていうのは聞いてたけど……」

「別に隠してはいませんけど、わざわざ言うこともないので一部の人しか知りません。ま、彼女はずっといないですよ、確かに」

金井は笑った。

「滝野さんも、大変だったのね。私に相談してくれたらよかったのに」

アリサはルイの手をちらりと見た。血管が浮き出ている手の甲は男性のものだが、指の細さと爪の形が女性的だ。しかし隣りの金井も似たようなもので、見慣れた邦彦の大きな手とは違う。

「うちは母しかいないので、経済的な事情もあって、給料のいい会社がよかったんです。母は僕を娘としてしか見ていないから、女優とかモデルになって欲しいのはわかってたんですけど、それで食べられるかって考えたら厳しいなと。それで、親の希望と生活の安定を考えたらアナウンサーかなと思ったんです。学生のときに児童養護施設で読み聞かせのボランティアをしていたんですけど、すごく楽しかったし……僕としてはもともとアパレルに興味があったんですけど、まあ、親の希望を叶《かな》えてやらなくちゃいけないと思っていたので」

「親孝行で偉いわ。アナウンサーはあなたの天職よ。朗読なんて、すごく才能あるもの」

アリサはだからルイを脅威に感じて手なずけようとしたのだけれど、そういう自分の心の動きを認めたくなかった。

「滝野さん、せっかくアナウンサーになったのに辞めてしまったのは勿体なかったわ。もしかして、あの〝女子アナ〟って呼ばれる役割に我慢できなかったの？　それなら私にもわかる気がするわ。差別的な呼び方なのに、喜んでそんな軽薄な役割をやりたがる人が多くて嫌になるもの」

「有り難うございます。だけど……あの、佐野さんには失礼かも知れないのですが、僕は女性アナウンサーって、すごくコスプレっぽいと思うんです。年収も高いですし、言ってみれば究極の勝ち組女子コスプレではないかと。もちろん、佐野さんのおっしゃる意味もわかります。ただ、僕としては、どうせ女の着ぐるみを脱げないのなら、いっそ着ぐるみで稼いでやろうっていう開き直りと、男の女子アナがいたら悪い冗談みたいで笑えるよな、っていう自虐的な気持ちがあったっていうのが、正直なところです」

アリサは複雑な気持ちになった。あの頃すっかりルイと気持ちが通じているつもりだったけれど、自分は言わば片思いだったのだろうか。コスプレ？　冗談じゃない。私はいつも心を込めて仕事をしている。プロとしてプライドを持っている。そんなことをルイには言って欲しくなかった。

「コスプレじゃないわ。そんな遊びみたいなものじゃないの。滝野さんがもしも辞めなかったら、この仕事の大変さをきっとわかってくれたと思う」

少し語気が強くなってしまった。

ルイはアリサをまっすぐに見つめた。確かに、これはルイの目だ。アリサの胸に懐かしさがこみ上げた。

「僕のコスプレは遊びじゃないです。死ぬほど大変でした。でも、もうコスプレ人生は嫌だと思ったんです。それで会社を辞めて、東京から逃げました。したくもない女装して親に褒められたって、なにも嬉しくなかったです」

アリサの顔色が変わったのを見て、金井がなだめた。

「こいつ、この話になるといつもアツいんですよ。ほんと悪気はないんですけど、気を悪くしたらごめんなさい。今日はとにかく、佐野さんにちゃんと挨拶したいってことで来たんで……もういいだろ滝野」

愛が泣き声を上げた。アリサは二人に断ると、席を立って店の外に出た。小さな体を反らしてむずかる娘をあやしながら、金井の言葉を思い出す。

どういう風に生まれてくるかなんて、自分じゃ選べない。

神様、どうかこの子がそんなことを言い出しませんように。アリサは愛の体を強く抱きしめる。大丈夫、この子には、私が吟味した最高のものを惜しみなく与えて、完璧な女の子にするのだから。

ルイの話は本当だろうか。アナウンサーに適応できず挫折したことの言い訳じゃないだろうか？　あんなに美人に生まれて、何が苦痛なのだろう。金井に影響されて、変わった趣味にはまったのかも知れない。アリサには、ルイが仕事から逃げたことを認めまいと意固地になっているだけのようにも思えるのだった。

愛のおむつを替えると、アリサは笑顔で席に戻った。

「ごめんなさい、ぐずっちゃって」

「気にしないでください。僕も妹の子どもで慣れてるんで。こないだ1歳になったんですけど、もう完全におじバカ状態ですよ」

金井はスマートフォンのアルバムから、赤ん坊を抱いた自分の写真を探し出してアリサに見せた。

「可愛い！　金井くん、サマになっているじゃない。いいお父さんになれそうね……あ、ごめんなさい」

慌てたアリサだったが、金井は笑って愛の顔を覗き込む。

「子ども、大好きなんですよ。ほんとこいつら、面白いっすよね」

さっき同性が好きだと言っていたが、もしかしたら誰か好きな男性がいるのだろうか。

アリサは金井の笑顔を見ながら密かに勘ぐった。イケメン若手アナもいることだし、金井は実は職場で片思いに悩んでいるのかも知れない。好きな人にも告白できず、子ども好きなのに家族が持てないなんて、可哀想に……でも、きっと私を信用して打ち明けてくれたのだろう。寛容なところを見せなくては。

「二人とも、今日は有り難う。話してくれて嬉しいわ」

アリサは居ずまいを正すと、微笑んで金井とルイを見つめた。

「とても勇気のいることだと思うの。きっと今まで、金井くんも滝野さんも、辛い思いをしてきたと思う。それを乗り越えて、こうして笑顔でいる二人を、私は心から応援するわ。まだまだ世の中の理解は足りないけれど、少しずつ変えていかなくちゃね」

自分の言葉に、気持ちが高揚した。こういう声なき声に耳を傾けるのが報道の使命だ。ルイへの疑念は晴れなかったが、それにもかかわらずこんなことを言える自分が誇らしかった。

「私を選んでくれて、有り難う。二人の告白を聞けたことを、私、誇りに思うわ」

思わず涙が溢《あふ》れた。目尻を拭ったアリサを見て、アイスコーヒーのストローをくわえていた金井が驚いた。

「わ、子ども産むと涙もろくなるって、ほんとなんですね」

アリサは拍子抜けした。もっと感激した反応が欲しかったのだが、もしかして二人には本音を見透かされているのかも知れない。

私はさっき、娘が彼らのようなことを言い出しませんようにと祈った。でもそれは母親としての感情だ。もちろんキャスターとしては、偏見や差別のない社会の実現に貢献するつもりだ。

「ううん、本当にあなたたちの告白に感動したの」

「告白じゃないですよ」

金井がグラスを置いた。

「今日は、滝野がお詫《わ》びと上京の挨拶をしたいと言うので、僕も佐野さんに会って近況を聞きたいなあと思ったんです。お子さんも見たいし」

「そうね。有り難う。二人が悩みを打ち明けてくれたことに敬意を払うわ……今、世の中では同じ悩みを抱えた人が声を上げられずに苦しんでいるのだから」

「佐野さん、いつも世の中を語りますよね」

金井は少し苛立っている。

「別にこれって世の中の話じゃなくて、僕とか滝野の話ですから。それに告白って、同性愛とか性同一性障害のこと言っているんでしょうけど、今日はわざわざそれを打ち明けるために来たわけじゃないですよ。ただ、見たらびっくりするから説明が必要だったわけで」

なぜこんなひねくれた言い方をするのだろう。アリサは金井の真意がわからなかった。

「でも、滝野さんはとても悩んでいたわよね。私も、事情は知らなかったけど心配したし、ずっと気になっていたのよ。だから本当のことが聞けて嬉しかったし、力になりたいと思ったの」

ルイは黙って話の続きを待っている。

「それで、なんでいきなり世の中の悩みうんぬんの話になるんですか?」

こんな意地悪な金井は初めてだ。

「報道に携わる身として、あなたたちが闘ってきたものを伝えなきゃと思うからよ。それはキャスターの使命だと思うの」

「僕ら今日は佐野さんに会いに来ただけで、キャスターの取材を受けてるわけじゃないですよ」

「私はいつもキャスターとして世の中のことを考えているの。それは私生活と分けられることじゃないわ。あなたにはわからないだろうけれど」

思わず本音が出た。しまった。派遣の事務員である金井を下に見ていることが伝わってしまう。

金井はちょっと黙っていたが続けた。

「確かに、僕にはわかんないです。ニュースキャスターってすごい仕事だと思いますし、キャスターのときの佐野さんはカッコいいなって思いますけど、でも別にニュース読んでるからって、世直ししているわけじゃないじゃないですか。僕は世の中の出来事を知るために佐野さんの番組を見てました。けど、僕のために何かして欲しいなんて思ってません。佐野さんの声の感じとか、表情とか、いつも落ちついていてすげーなと思ってましたし、なんかちゃらちゃらしてない感じも好きです。けど、何かあるとすぐ世の中語るところは、正直言ってちょっと大げさで、好きじゃないです」

「なんで……そんな言い方をするの？」

アリサは腹立たしかった。ニュースキャスターがどれほど大変か、何もわからないくせに。

「私は、ただニュースを読むだけじゃなくて、取材にも行ったし、インタビューもたくさんしたわ。私なりに世の中に対する考えがあった上で、ニュースを伝えていたの。あなたに頼まれなくたって、キャスターには世の中をよくする使命があるのよ。だから、あなたたちの痛みにだって寄り添いたいと思うし、こうして打ち明けてくれたことにも、なんとか私なりに応えたいと思っているの。私は、あなたたちの味方なのよ？」

アリサは訴えるようにルイを見たが、表情は変わらない。

「すいません、味方とかって、言ってること全然わかんないです」

金井は長い指でストローの袋を固く丸めると、テーブルの外に弾《はじ》き出した。

「じゃあ、佐野さんはその自分の考えをテレビで言ったんですか？　世の中こうあるべきです、こいつ許せませんとかって、言ってました？　キャスターとして」

「……そういうことは、局のアナウンサーは言うべきじゃないと思うわ」

「なら、ごっこじゃないですか。世直し気取りで言われた通りにニュース読んでるだけじゃないですか」

「違うわ！　ちゃんと考えがあって読むのと、ただそれらしく読むのとでは伝わり方が違うの。何も考えないでぬけぬけとニュースキャスターをするような真似は、私にはできないわ」

「仁和まなみさんみたいに？」

アリサが言葉を失ったのを見ると、金井は謝った。

「すみません、言い過ぎました」

アリサは返事をしなかった。なんて失礼な人なのだろう。今までは気を許して親しくしていたけれど、こんな言いがかりをつけられるとは。もしかして、私に対してずっとこんな屈折した気持ちを抱えていたのかしら。アナウンサーへの偏見も甚だしいわ。女子アナ嫌いを公言している女装タレントもいるから、金井もその同類かも知れない。

「仁和さん、頑張ってますね」

ルイが言った。

「入社したときからでき上がってたよなあ、コスプレ感が半端ないし」

金井もうなずく。この二人、友達だって言ってたけど、どういう関係なのかしら。金井は同性が好きで、ルイは自分のことを男だと思っているけど身体はまだ女で、好きになるのは……どっちなのだろう？　男？　女？　目の前の人たちが、自分には理解できない欲望を抱えているのが、アリサには恐ろしかった。

「滝野さん、同期だったものね」

金井を無視してルイに答える。

「でも滝野さんと仁和さんは全然タイプが違うわね。彼女は、人気はあるけれど、この仕事を勘違いしているんじゃないかしら」

　思わず口調が辛らつになる。

「僕みたいな場合は珍しいとしても、彼女みたいな人が人気者になるって、すごくわかりやすい世界だと思います。生まれつきテレビの中に住んでるみたいな自然さで、いきなり女子アナコスプレができる子たちって、たぶんそうなる前からずっと、見られる女である自分にすごく自覚的だったんじゃないかと思います。計算高くそうしている人も、自然と装うことで生き延びた人もいると思うんですけど、いずれにしても人が見たがるものに自分を寄せていく作業は、満たされている人には必要ないんじゃないかな。

　テレビみたいないろんなことを言われる場所にわざわざ出て行くなんて、ほんとに幸せな女の子なら、そんなことしないですよ。そういう意味では、女子アナって自分と折り合いがつかない人たちの集団なのかなって気もします。同病相憐《あわ》れむというか」

「そうね……そうかも知れないわ。ああやってちやほやされたがる子たちって、きっと何か強いコンプレックスを抱えているのよ」

　アリサは自分はその中に含まれていないと思っている。仁和まなみなんかまさにそうだ。週刊誌で書き立てられているように、家族に疎まれ、出来の悪い自分を誤魔化すためにあんな薄っぺらいアイドルを演じたのだから。

「佐野さんは、なんでアナウンサーになろうと思ったんですか？」

「私は国文科だったし、美しい日本語のプロになりたいと思ったからよ。報道の仕事にも携わりたかったの」

　岡山の進学校から東京の国立女子大に進んだアリサは、将来は教師になろうと考えていた。

　幼い頃から、英語を喋ってみて、と言われるのが嫌だった。外国に住んだこともないし、日本語しか喋れないと言うと、当てが外れたような顔をされ、理由をしつこく聞かれる。父親はアメリカ人だが日本語の研究者なのだと言うと、ガイジンなのにすごいねえと言われるのもお決まりだった。高校で古文を教えている母親に似て日本的な顔立ちをしているために、小学生のときには「ハーフだと嘘をついている」という噂を流された。父親に似て目鼻立ちがはっきりしている弟は、サッカーがうまかったので地元ではちょっとした有名人だった。弟は華があるのにお姉ちゃんは勉強ばっかりで地味だと、いちいち比較されるのが鬱陶しかった。

　大学3年生の夏にゼミの発表会の司会をしたら、教授に「アナウンサーに向いているのではないか」と言われた。その頃つき合っていた一つ年上の恋人は大手新聞社に就職が決まっていたので、報道の世界にはなんとなく憧れがあった。教師は子どもたちの模範だが、アナウンサーは、日本語の模範だ。ニュースを伝えれば、人々の役にも立てる。それに……有名人にもなれる。アリサはすぐにアナウンサー養成学校に申し込んだ。

テレビ局のエントリーシート用の写真を撮るとき、初めてプロに化粧してもらい、照明を当てられた。でき上がった写真は、自分とは思えないくらいきれいだった。それまで容姿はコンプレックスでしかなかった。みんなが期待するハーフらしい顔ではなかったから。けれど写真で見ると、キラキラと光の入った瞳は茶色く透けて美しい。フォトショップで黒目を大きくし、あごのラインを修整した人工的な笑顔ではあったけれど、アリサにとっては人生最高の一枚となった。私、美人なのかも、と初めて自信が持てた。

ルイがまた話し始めた。

「僕には、年子の姉がいるんです」

アリサの携帯にショートメールが着信した。夫の邦彦からだ。今日は珍しく定刻に帰るらしい。夕飯の支度を早めに始めなくては。愛のミルクの時間もそろそろだった。

「ごめんなさい、滝野さん。今日、主人が早いみたいなの。近いうちに必ず、お店に遊びに行くわ。そしたら、改めてご飯を食べましょう。約束よ」

アリサは慌てて席を立つと、連絡先を交換して別れた。店は下北沢にあるという。来週あたり、覗きに行こう。ルイの話の続きが気になった。

もう何十分こうしているだろう。まなみは声を上げると、バスルームの壁に手をついた。夏樹の動きに合わせて腰を突き出す。夏樹は乳房から手を離し、後ろから深くまなみを抱え込んだ。

新しいバスオイルのせいかも知れない。今日は二人とも疲れを知らなかった。ヨーロッパの純度の高い精油なんだ、とアロマオイルを湯に入れたのは夏樹だ。ようやく身体を離したあと、シャワーを浴びる夏樹の背中を見ながら、まなみはもう一度湯に浸った。目を閉じて、今夏樹にされたことをひとつひとつ丁寧に思い出す。

写真週刊誌騒動のあと、夏樹は出版社のとったホテルに身を隠し、そのまま新作の取材旅行とドキュメンタリー番組の海外ロケに出発した。帰国してからは、部屋に荷物を置きに戻っただけで、またいつものようにホテルに缶詰になっての執筆が続いた。二股騒動が一段落して、記者の張り込みもなくなり、今夜はようやく部屋で二人きりになれたのだ。

鏡の前で髪を拭いていたまなみは、バスルームから出て来た夏樹に抱きつくと尋ねた。

「ねえ夏樹、私たち、仲良しかな」

「仲良しだろ」

夏樹はまなみのバスローブを床に落とす。やめてよ、せっかく拭いたのにと言いながら、夏樹の濡れた身体にくっついてふざける。洗面ボウルが二つ並んだ大きな鏡の中に、上気した二人が映っている。

「見て」

まなみは夏樹に絡みついたまま鏡の方を向く。

「すっごくお似合い」

「ほんとだ」

夏樹は愉快そうにおどける。まるで何もなかったみたい。

「青山夏樹と仁和まなみは、絶賛交際中です」

まなみは、わざとニュースを読むみたいに言う。

「やめろよ」

夏樹が笑う。まなみは夏樹の手をとると、タンゴでも踊るみたいに前に突き出した。背中を反らして、柔らかい胸を押しつける。

「速報です。現代の光源氏こと人気作家・青山夏樹さんは、ニュースキャスター・仁和まなみさんに、夢中であることがわかりました」

「やめろって」

「今をときめく小説家と、日本一有名な女子アナ。今後は、さらに絵になる二人になることでしょう！」

まなみは手を離すと、夏樹の首を抱き寄せてキスをした。

「やめろってこういうの。品がないよ」

夏樹は身体を離すと、怒ったようにまなみにタオルをかけた。

「ごめん夏樹、冗談」

「冗談でも、バカにされてるみたいで好きじゃない」

まなみは鏡の方に向き直ると、夏樹と手を繋いだ。

「ねえ夏樹、ちゃんと見て。こうしてくっついてる二人の姿を、絶対忘れないでね」

「まなみのことは隅々まで全部覚えてるよ」

「そうじゃなくて、二人の姿を目に焼きつけて欲しいの。二人で一枚の絵なのよ。私の裸だけを覚えているのじゃ嫌なの」

まなみはタオルを落とすと、夏樹の手を引き寄せて口づけた。

大きな革張りの椅子に座ったまなみを父がカメラで撮影している。制服のカットのあとは、体操服、水着、白いキャミソール。白黒で、何枚も何枚も撮る。いいかいまなみ、これは芸術なんだ。おまえのママのことも、こうやって何枚も写真に撮ったんだよ。おまえはママにそっくりだから、素晴らしい作品に仕上がるだろう。

写真を撮るのは、ママがお茶のお稽古に行く日。パパと私は、書斎で待ち合わせて、作品を撮る。学校から帰るとすぐに、制服のまま。それから、言われるままに服を着替えるのだ。

愛されるということは、切り取られるということ。レンズの中で、私は一人で笑っている。

鏡には、裸の二人が映っている。夏樹はまなみを後ろから抱きしめる。まなみは両手をついてまた声を上げる。何も見逃さないで。夏樹は私のもの。夏樹と繋がる私は、私だけのものだ。

第四章

スタッフルームのデスクでADの買ってきたコーヒーを音を立ててすすりながら、プロデューサーの藤村は立浪望美に付箋の貼られた週刊誌を見せた。

「読んだか？　明日発売の号の早刷りだ。おまえとまなみのことが載ってるぞ」

望美は週刊誌を受け取ると、記事に素早く目を走らせた。


〝「数字は伸びないのに女性誌はバカ売れ」二股ヒロイン・仁和まなみがじり貧番組に見切りをつけてフリー転身の噂！　番組は「お局《つぼね》記者の女子アナいびり」で断末魔の醜態〟


「なんですか、これ……」

思わず声を上げた望美をスタッフがちらちらと気にしている。私がスタッフルームに来る前に、すでにひとしきり盛り上がったに違いない。望美は傍らのバーキンを音を立ててデスクに置くと、形ばかりの衝立《ついたて》代わりにした。持ち手には、秋冬の新柄のスカーフをきりきりと巻きつけてある。

「世間は女の醜い争いが大好きだからなあ」

藤村はとぼけたように言う。マンネリが飽きられて数字が下がっているのはプロデューサーの手腕が足りないからなのに、まるで他人事ではないか、と望美は腹が立った。

「どういうことですか？　女子アナいびりなんて、でたらめじゃないですか」

「まあそういきり立つなよ。立浪には悪いが、世間からはそう見えるってことだよ。敏腕美人記者さんが、スキャンダルで傷心の女子アナをねちねちと……ってのは、確かに面白いよな」

藤村は笑うとまた唇を尖《とが》らせて、油膜の浮いたコーヒーをすする。

「特集コーナーの数字がちょっと伸びたってのはさあ、そういうことなんだよ」

「どういう意味ですか？」

企画を立て、取材に出て、構成やコメントまでこなしている自分の実力が視聴者に評価されたのだと望美は自負している。

「私は特集コーナーに命を賭けています。長谷川報道局長からもそのように信頼して頂いて、言わば〝勅命〟でこの番組の立て直しに尽力しているんですよ」

藤村よりも上役の命でここに来ているということを強調する。情報番組出身の藤村など目ではない。私は生粋の報道育ちの、局長の秘蔵っ子なのだ。

「まあ長谷川ちゃんはヅカファンですから？　背の高いキツい美女にはめっぽう弱いんでしょうよ」

「そんな言い方……」

「冗談冗談。年は近くてもあちらはスピード出世でこちらは飼い殺しってやつだ。とにかくさ、今はこの番組も正念場なんだよ。いや土壇場か？　なんと言っても、目玉がないとな」

「それが特集コーナーですよね」

「いやいや、人だよ。立浪先生にはおわかりにならないでしょうけれど、テレビってのは下品なものだ。視聴者は、話の内容なんて聞いていない。見たい人物が出てるかどうかだよ。好きでも嫌いでもね。

　俺が朝の番組をやっていた頃に、次々と人気アナを育てただろ？　つまりさ、毎朝その子に会いたいって思えるようなアイドルが必要なんだよ。みんな満員電車に乗ったり、つまんない家事やったりしなきゃなんないわけだからさ。一日の最初ぐらい、いいものを見たいだろ？　どうせ中身なんてどこも似たり寄ったりなんだから、誰がやるかが問題なんだよ。

　あんたの同期の玉名小枝子なんか、めちゃくちゃ可愛かったよ。ただ水飲んで『美味《おい》しいです』って言うだけだって絵になっちゃう。中途半端な女子アナが身体張って田舎の名物料理なんか紹介するより、見てて100倍気持ちいいよな。それが数字になるんだ。な、それがテレビなんだよ」

持論をぶつ藤村の額にはじっとりと汗が浮かんでいる。同期入社の玉名小枝子。藤村が慰留するのを振り切ってフリーになったアイドルアナ。ミスキャンパス上がりの嫌な女。あんな女がアナウンサー試験に合格して、私が落とされたのだ。私の方がずっと優秀なのに。望美の掌に桜色の爪が食い込む。

「この記事、意味わかるか?」

藤村は誌面を太い指でとんとんと叩く。似合わないカルティエの時計をしている。

「つまりさ、あんたとまなみとの仲の悪そうな感じが、番組の売りになっているっていうことだよ。まなみはイケメン作家さんとやらのおかげで、OLに人気なんだろ? それをあんたがいかにもバカにした顔であしらう様がさ、共感を呼ぶんだと思うなあ」

「バカにした顔なんてしてません」

「いやあ、してるよ。わかるよ、そりゃ、俺だってさ。テレビは正直だからな。あんたが女子アナ大っ嫌いだってことは、全国放送で丸わかりですよ。でもね、それがいいんだ」

「勝手に決めつけないでください! 私、女子アナに興味ないですし」

望美は藤村を睨みつけた。

「あるある、大ありだろ。けど立浪、それは悪いことじゃないよ。世間だって、アイドル女子アナやら悲劇のヒロインなんて、ほんとは好きじゃない。持ち上げるだけ持ち上げといて、高く上げた分、ストーンと落ちるのを見たいのさ。ああ、あいつ勘違いしてみっともないな、いい気味だ、ってさ。それが庶民だよ。その程度のやつらの息抜きが、テレビなんだよ」

思うように視聴率が伸びないことを視聴者のせいにしたいのか、藤村はスタッフに聞こえよがしに言う。

「ひどい……。報道番組の責任者ともあろう人が、そんな発言、許せません。私に言いがかりをつけるのもやめてください。視聴者にも、一生懸命やっているみんなにも失礼です。謝ってください！」

スタッフの方を振り向いて援軍を待ったが、防音ガラスの向こうにいるかのように、望美の激昂《げっこう》にも誰一人反応しない。

もうこの番組がダメなのはみんな知っているのだ。責任をとらずに済むように、速やかに関係を切れるように、みんな守りに入っている。俺は知らない、俺のせいじゃない。キャスター同士が仲が悪かったからなあ、空中分解だよ。そう言って背を向けて舌を出すのだろう。全部女の喧嘩《けんか》のせいにして、体よくトカゲの尻尾切りをするつもりなのだ。

「まあとにかくさ、仁和まなみはキャスターなんて格好だけで、ものを知らないから、その辺は容赦なくやっちゃってよ。なにを勘違いしてフリーになろうとしているんだか知らないけど、所詮はテレビ太陽の肩書きあっての人気だろ？　世の中そう甘くはないからな。仁和まなみには、まだまだこの番組で仕事してもらわないと。話題作りっていうお仕事は、彼女のお得意みたいだからな」

コーヒーを飲み干すと、藤村は席を立とうとした。

「ちょっと待ってください。私に茶番を演じろって言うんですか？　真剣にニュースを伝えようとしている私に、女子アナいじめのお局を演じろと？」

怒りに声が震える。藤村は動きを止めると、じっと望美の顔を覗き込んだ。

「茶番じゃないだろう。本音じゃないか。本音でやれってことだよ。お利口で美人のあたしを褒めて、っていう本音で勝負してみたらどうだ？　局アナ試験に落ちて悔しいです、っていう気持ちをさ、仁和まなみにぶつけてみろよ。最高だよ、最高にテレビ的だよ。そしたらあんたを見直すよ。仁和まなみはやるぜ。いくらでも客の見たいものを見せる女だ。立浪望美は、どうなんだよ。やってみせろよ、悔しいなら」

空の紙コップを握りつぶすと、藤村は大げさに伸びをして立ち上がった。

「私、やりませんから。こんなの許せない。局長に報告します」

望美はそう叫ぶと、席を立って足早に部屋を出た。去り際にバーキンが藤村に当たったが、振り向きもしない。

「いたたた、立浪キャスター、カリカリして困りますなあ。もしかして、欲求不満なんじゃないの？」

藤村は腕をさすりながら、おどけて肩をすくめてみせた。


夏樹からの返信はまだない。まなみはスタッフルームへの廊下を歩きながら、スマートフォンの画面を繰った。今日は朝から編集者と打ち合わせだと言って出て行った。帰りが何時くらいになるかあとで連絡すると言ったのに、夕方になっても音沙汰がない。出版界のことはよくわからないが、朝からそんなに長く手を離せないものなのだろうか？

もともと「縛られるのが嫌い」という理由で携帯を持っていなかった夏樹に、連絡がとれないと不安だからと持ってくれるようにせがんだのはまなみだ。マメでないのは知っている。でも、私が忙しいのを知っているのに、なぜ一言だけでも連絡してくれないのだろう？　もしかして、打ち合わせというのは嘘だろうか？　誰かと会っているのかも……例えば、立木文とか。

——寂しいよお。私はこのあとスタッフルームに顔出したら終わりだから、ご飯一緒に食べられそうだよ?


歩きながら手早くショートメッセージを打ち込むと、送信した。

肩に強い衝撃が走った。落ちたスマートフォンを慌てて拾い、驚いて顔を上げると、立浪望美が猛烈な勢いで歩き去るところだった。クロエの甘いバラの香りが漂う。

念のため後ろから挨拶をしてみたが、振り返ることもなく去って行った。無造作に抱えたキャメルのカシミヤコートの裾を引きずっていることにも気付いていない。教えてやることもないか、とまなみは黙っていた。

灰色の長い廊下で小さくなっていく望美の怒り肩を見送りながら、ああはなりたくないものだと思う。私もあと7年で、あんなおばさんになっちゃうのかな。あと7年。早く次のステップに行かなきゃ。

先月のことだ。大学時代の先輩で、大手広告代理店に勤める葛西という男からメールが来た。

——仁和さん、元気？　突然すみません。ご活躍、拝見しています。僕の知人で仁和さんとどうしても話したいという人がいます。ある大手芸能プロダクションの方なのですが、とても話の面白い方です。仁和さんの大ファンということで、一度お食事でもとおっしゃっています。どうかな？

大きな取引先である放送局の社員であるアナウンサーに、芸能プロダクションが直接引き抜きをかけることは表向きはない。局との関係を考慮すれば、トラブルは避けたいからだ。しかし中には、現場で一緒になったアナウンサーに冗談めかして話を持ちかけるマネージャーもいるし、逆に当人の方からそれらしい意向を伝えることもある。まなみにも、そんな声は密かに何度かかかっていた。

いつ辞めるのが得策か。まなみもそのことばかり考えてきた。人気女子アナとして特番にも出ずっぱりだった頃は、今は局にいればいい待遇を受けられるのだから、あともう少し、もう少しと思って引き延ばしていた。せっかく手にした大手放送局のブランドなのだから。

けれどそれでは遅かったのだ。最も仕事が来るときに辞めなければ、旬は過ぎてしまう。

売れっ子は皆、数年でフリーになる。仁和まなみは、テレビ太陽の看板アナとして長く君臨し過ぎた。もう少し早く辞めていれば、あんな番組に飛びついて貧乏くじを引くこともなかっただろう。欲をかいて機を逸したことを、まなみは激しく後悔していた。
それほど親しかったわけでもないのに馴れ馴れしい口調に、以前だったら返事もせずにゴミ箱に入れたかも知れないメールだったが、まなみは返信をした。

――お久しぶりです！　先輩もお忙しいことと思いますが、思い出話がしたいですね。お仕事のお話も伺いたいです。お知り合いの方も、是非ご一緒にお食事できればと思います！

そして会って話をしたのが半月ほど前のことだ。フリーアナウンサーを多数抱える大手芸能プロダクションのチーフマネージャーだという男は、雑談しかしなかった。葛西も、噂話やゴルフの話ばかりだった。二人ともまなみから話が出るのを待っているのだ。しびれを切らしたまなみが、会社を辞めようかと思っていると切り出すと、二人はこう答えた。
「僕らでお役に立てることがあれば、いつでも言ってください。お力になりますよ。人気アナウンサーランキングで1位の仁和さんですから、きっとお仕事の幅も広がることでしょう。それでは仁和さんの前途に、改めて乾杯！」

それからワインをしたたか飲んだ。

芸能プロダクションの男が席を外すと、葛西はこう耳打ちした。

「まなみちゃんさ、ここだけの話、俺のクライアントで仁和まなみをCMに起用したいって言う人、いっぱいいるんだよ。SとかTとか、超ビッグなクライアントだよ。今辞めたら、その辺の女優なんかよりうんと稼げるって。

あの人、いい感じでしょ。ちょうど稼ぎ頭の女子アナがメジャーリーガーの旦那について行っちゃってさ、目玉の人材が欲しいところなんだよ。まなみちゃんが入ったら、すっごくいい待遇にしてくれるのは間違いない。

今、年収いくら？　いっても1000万円ぐらいでしょ。フリーになったら、まなみちゃんならCMバンバン決まって、すぐに8000万円、いや1億はいくよ。天下の仁和まなみだからね。もったいないよ。今が最高のチャンスだよ」

学生時代には地味な印象の男だったが、大手広告代理店の肩書きと高価なワインで気が大きくなっているのかも知れない。息がかかるほど顔を寄せて、熱心に説く。確か、父親は大手製薬会社のオーナー社長で、いわゆる人質コネ入社だったはずだ。立場もあるし、そういい加減なことはしないだろう。まなみは警戒しながらも、悪い話ではないと思った。さっき、その葛西からまたメールが来たのだ。

――この前の話、考えてくれた？　もうちょっと具体的な話をしたいから、今度は二人で会えるかな。作戦会議を開こう。

返信画面を白紙のまま閉じると、まなみはスタッフルームのドアをノックした。部屋には、まだ立浪望美の残したバラの香りが漂っている。

藤村は手招きすると、さっきまで望美が座っていた席にまなみを座らせた。

週刊誌を開いてまなみの前に置く。

「読んだぞ、記事。おまえ、辞めるのか？」

このことで呼び出したのか。記事を見て、まなみは動揺した。一体どこから話が漏れたのだろう。表情を変えないように細心の注意を払う。

「心当たりがありません。週刊誌の勝手な推測じゃないでしょうか」

「ならいいけどな。ちょっと名前の売れた女子アナはみんな勘違いして、フリーになろうとするだろ。テレビ太陽の肩書きなしではただのお姉ちゃんなのにな。まなみは、そんなことわかってるよな」

藤村はまなみの顔色を窺っている。疑り深い濁った眼差しに自分の支配欲が表れ出ていることには気付かない。

まなみは用心深く言葉を選んだ。

「まだ、ニュースの仕事で手一杯で、将来のことまでは」

「将来のこと？ ほう、じゃあ、いつかは辞めるつもりなのか。辞めてフリーで食っていくつもりか？」

「いえ、そんなことは」

「いいか、まなみ、おまえの先輩たちを見ろ。俺が朝の番組で育ててやった玉名小枝子は、この番組のメインを蹴ってフリーになった。朝ドラ俳優崩れと結婚して、今はBSの5分番組のナレーションだ。クソ下手なナレーションなのに、起用する方もする方だよな。どうせプロダクションが他のタレントと抱き合わせでぶっ込んだんだろう。アイドルアナにしてやった俺の言うことを聞かずに、あのざまだ。

浅井香織はどうだ。玉名と同期で、こいつも俺が最初に朝の番組で客をつけてやった。天気コーナーで人気が出て、夜のスポーツ番組に抜擢された。だがこれも勘違いしてフリーになった。今じゃ不倫ストーカーだぜ。野球選手ごとき追っかけてアメリカまで行って、みっともないよな。あのまま年とって向こうで孤独死かもな。はは」

これが藤村の正体だったのだ。新人の頃からなにかとまなみを可愛がり、俺がいち早く仁和まなみの才能に目をつけたのだと公言していた藤村は、人気女子アナの目利きのように振る舞うことで社内で幅をきかしていた。

だが、この男はただの女衒《ぜげん》だ。いやこの男だけではない。女子アナをちやほやしている男たちは、皆私たちを売女《ばいた》だと思っている。出たがり女の欲望につけ込んで、ちっぽけな支配欲を満たそうとする臆病者どもだ。光の当たるところになんか、自分一人じゃ出て来られないくせに。私はそんなこと平気。あいつらのちんけな支配欲なんていくらでも請け負ってやる。欲望は、満たしてやった者のものだ。私が売女である限り、私はあいつらの主なのだ。

私の主は誰だろう。神様の顔はいつも見えない。私が交わるのは、むき出しの欲望を晒す無力な人々だ。それが親密な間柄でも、そうでなくても。それじゃ私の玉座は埋められない。永遠に空席のまま、君臨されるのを待っているそこには、写真だけが飾られている。見られ、屠《ほふ》られ、切り取られる私の笑顔。主を持たない笑顔。受取人のいない手紙みたいに、私は自分の玉座の前に、いつもほったらかしのままだ。

まなみは丁寧に頭を下げた。

「藤村さんのご心配はよくわかりました。でも、その記事はでたらめです。お騒がせしてすみませんでした」

「立浪望美に見せたら、逆上してたよ。女子アナいびりのお局って、まあほんとだけどな。嗾《けしか》けておいたから、すっかり戦闘態勢だ。OL相手に恋愛話ばかりしていると、おばさんにメインキャスターの座を奪われかねないぞ。アイドルアナもキャスターもお払い箱じゃあ、おまえも行き場がないよなあ」

藤村はヤニで黄ばんだ歯を見せて笑った。

やはり葛西に会おう。まなみは部屋を出ると、再び返信画面を開いた。

——わかりました。では来週水曜。午後7時、下北沢で。

ルイの働く店は下北沢の駅から10分ほどの場所にあった。アリサは娘の愛を姑に預けて夕方に店を訪ね、早退したルイと近くのイタリアンレストランに入った。夫の邦彦は今夜も仕事で遅い。夜の繁華街を歩くのは久々だった。

趣味のいいセレクトショップで働くルイは、絵になっていた。誰も彼が5年前に失踪した新人女子アナだとは思わないだろう。客には佐藤と名乗っていたし、手入れの行き届いたひげと黒縁の眼鏡の似合う整った小さな顔は、いかにも今どきのおしゃれなショップ店員という感じだった。

二人で入ったレストランでは、カップルだと思われたかも知れない。若い男と人妻キャスターが一緒にいるとツイッターに上げられたらどうしようと心配だったが、素顔にデニム姿だったせいか、誰もアリサに気付いた様子はなかった。

ルイには年子の姉がいるのだという。中学生のときにかかった感染症が原因で脳に障害が残った。活発な美少女だった長女に期待をかけていた母親は、娘が会話も運動もままならなくなったことを受け入れられずに精神のバランスを崩し、大量の睡眠薬を飲んだ。一命を取り留めてからは、ルイに何でも長女の身代わりをさせるようになったという。言わば姉のクローンとして生きることを求められたルイの務めは、姉を生かすためではなく、母を死なせないために、姉の夢や好みをそのまま継承することだった。

姉が好きだった服を着て、姉が得意だったバレエを習って、アイドルになるのが夢だった姉の代わりに、テレビに出る仕事を選んだ。

物心ついたときから、なぜ自分は女の子の身体なのだろうと違和感を覚えていたルイは、スカートをはかず、男子とばかり遊んでいた。小学生までは〝男勝りの女の子〟という扱いで家族も気に留めなかったが、姉が寝たきりになってからは、お姉ちゃんみたいに女の子らしくしなさいと口うるさく言われ、お姉ちゃんがしたくてもできないことをあなたが代わりにしてあげなさいと母に命じられた。

バレエの発表会の映像を流しても、姉は焦点の合わない目で天井を眺めたままだったが、母は姉の瞳が輝いたと言っては喜んだ。ルイちゃんが自分のしたいことを代わりに実現してくれるのが、きっと嬉しいのね。もっとお姉ちゃんを喜ばせてあげましょう。

これは全部母のためだとルイはわかってはいたけれど、嫌だとは言えなかった。もし自分が姉の代わりをやめたら、母はまた薬を飲んで、今度こそ死んでしまうかも知れない。

初潮を迎えてから、ルイは自分の身体に強い嫌悪感を覚えるようになっていた。胸の膨らみも嫌でたまらなかったが、母親はレースのついた下着を買ってくる。お姉ちゃんとお揃いよ、と姉の部屋の箪笥《たんす》にも同じものを入れるのだ。読者モデルに勝手に応募されたこともある。面接の通知が来たのを喜んで、これでルイちゃんが雑誌に載れば、お姉ちゃんの夢が一つ叶うのよ、と真顔で言われた。

姉の枕元には、病気になる2ヶ月前にティーン誌のストリートスナップに載った写真が飾られている。名刺よりも小さなカットだったが、小学生の頃からアイドルに憧れていた姉は、これをきっかけに読者モデルになれるかも知れないと舞い上がった。編集部に連絡をとって、なんとか会ってもらえることになった矢先に、消化器の感染症がもとで脳炎を起こしたのだ。

　これはお姉ちゃんごっこだ、とルイは思うことにした。自分はお姉ちゃんコスプレをしているのだから、膨らんだ胸も衣装の一部だと思えばいい。当時は性同一性障害という言葉も知らなかったし、自分が本当は男だと言っても信じてもらえないこともわかっていた。たとえ自分の性別に違和感を覚えていなかったとしても、ルイはルイとして生きることをもはや禁じられているのだから、同じことだった。どの道、お姉ちゃんごっこをやり通すしかない。自分のせいで母が死ぬのは、なにより恐ろしかった。

　ルイが、女子アナになったのはどうせならいっそ勝ち組女子のコスプレをやろうと思ったからだ、とアリサに言ったのには、そんな事情があったのだ。新人研修中に、才能はあるのにどこか他人事のような投げやりさを感じたのはそういうことだったのか、とアリサは思い出した。ルイは仁和まなみと比較されて悩んでいたわけではなかったのだ。同期の玉名小枝子と浅井香織ばかりが注目されて悔しい思いをしていた自分とルイとを重ね合わせて共感していたアリサは、裏切られたような思いがした。

「ねえ、仁和さんとはうまくいっていたの？　彼女、ミスキャンパス出身でちょっと派手だったじゃない」

苦手だと言って欲しかった。

「彼女のことは……好きでしたよ」

「意外だわ。全然タイプが違うのに」

「僕、今まで女の子しか好きになったことありませんから」

「えっ、それって恋愛感情ってこと？」

「そうですね。別に告白したとかじゃないですけど、好きでした」

湧き上がった感情を何と呼べばいいのだろう。それは嫉妬としか言いようのないものだった。

「どこがよかったの？」

思わず責めるような口調になる。

「可愛いし、嘘っぽいところ。すごく上っ面で、他人に対して高をくくっている感じが、潔いなって」

「潔い？」

「僕も同じですから。どうせ自分の人生はコスプレだし、誰も僕がほんとは誰かなんて関心がない。いつも自分は空っぽで、そんな自分を惨めだと思っていたし、それはすごく不幸なことなんじゃないかって思っていたんですけど、でも、彼女を見ていると、それがなに？　それでいいじゃん、って言われている気がするんです。すごく眩しかった」

仁和まなみが眩しかった？　今まで自分の理解者だと思っていたルイがこんな底の浅い人間だとは思わなかった。今日はまなみのいやらしさを語り合いたいと思っていたのに。

運ばれて来た肉料理の場違いに陽気な香りが、アリサを余計に苛立たせた。

「それで、勝てないなって思ったんです。仁和さんの他にも上手に女子アナを演じている人たちがいるけれど、この人たちはみんなコスチュームを脱いでも女なんだよなって思ったら、その生まれながらの女をうまく乗りこなしている感じにすごい違和感があって。なんか自分が惨めでした。僕の女装コスチュームは脱げないし、男を生きてもいない。中途半端なまま死ぬのか、って思ったんです」

「アナウンサーは演じる必要なんてないわ。心を込めて伝えるのが仕事よ。アイドルアナなんて人目を引くための小細工がうまいだけじゃないの」

アリサはルイの言っていることがよくわからない。

「アイドルアナですか。でも、そうでもしないと居場所がなくなってしまう人間もいるんじゃないかな。腹をくくっているのか、浅知恵でそうしているのかは人によると思いますけど、結果それで生きていけるなら、いいじゃないですか」

ルイはどうしてこんなに仁和まなみを庇《かば》うのだろう？

「……あなたが会社を辞めて失踪したことをずいぶん心配したけれど、なんだかがっかりしたわ」

アリサはため息をついた。

「じゃあ、なぜあなたは会社を辞めて逃げたの？　お母さんのために女性のふりをしなくちゃならないなら、やり続ければよかったじゃない。逃げたのは、もしかして仁和さんと何かあったから？」

「何かって」

ルイはアリサの言葉の続きを促すように視線を上げた。

「つまり……ふられたのかってこと。それが原因で会社を辞めて、東京からも逃げたのかしら？」

「違いますよ」

ルイは素っ気なく答えた。見限られたような気がしてアリサは不安になる。

「母が、再婚したんです。好きな人ができたと言って」

「……お父様は」

「姉のことがあって、母がおかしくなってから、出て行きました。職場の女性とずっとつき合っていたみたいです。逃げたのは僕じゃなくて、父ですよ。お金は送るから、ルイ、ママを頼むって言われました」

「ひどいわ」

アリサは目を伏せて首を振った。

「どっちがひどいのかな。早々に家族を捨てた卑怯な父と、善意の脅迫で僕に姉の身代わりをさせて生き延びた母と。母は僕の人生を使って姉の現実と向き合うことから逃げた。父も母も、家族から逃げたことは同じですよ」

「お姉様、可哀想ね」

「僕は姉とは好みも性格も合わなかったので、正直言って姉を可哀想と思う気持ちよりも、僕のせいで母が死んだらどうしようっていう恐怖だけで姉の身代わりをやっていました。父もいないし、僕のお姉ちゃんごっこの出来次第では寝たきりの姉と二人っきりになってしまう。でも、そうまでして僕が守った母が、好きな人ができたから再婚するって言ったときに、自分はバカを見たって思いました。なんだ、僕には役を押しつけておいて、この人は自分の人生を謳歌《おうか》していたんだなって。騙《だま》されたと思った。だから僕も、もう好きにしようと思ったんです。着たい服を着て、したいことをして、僕の人生を生きたいと思った。それで会社も辞めて、家を出たんです。姉を置いて。ほんとに、ひどい妹ですよね」

「お母様は今、どうされているの」

「再婚相手と姉と3人で暮らしています。僕が東京にいることは知らないです。知らされても迷惑でしょうし」

「……ごめんなさい、さっき私、失礼なことを言ってしまって」

アリサは頭を下げた。

「僕の方こそ、喋り過ぎてしまって失礼致しました。でも、嬉しいです。佐野さんにはいつかちゃんとお話ししたかったので……今日は本当によかったです」

ルイは右手を差し出した。なめらかな温かい手だった。

「どうして私には、話してくれたの？」

手を離すと、アリサは思い切って聞いてみた。

「単純な話ですけど、心細かった新人研修中に、佐野さんが僕を気にかけてくれたのが嬉しかったから。だけど、佐野さんが期待してくれているような共通点は、たぶん僕にはないのだということも、わかって欲しかったんです。僕は僕で、佐野さんはしんどそうだなと思っていたから」

「私がしんどそうだった？」

コンプレックスを見透かされていたのかと、アリサは不安になった。

「いえ、なんとなく。……すみません。もうこんな時間ですね。今日は、赤ちゃん預けてまで来てくださって、ほんとに有り難うございました」

ルイは頭を下げた。

「滝野さんこそ、今日はお忙しいのに有り難う」

「いえ、あの店、全然忙しくないんですよ。またいつでもいらしてください。ああそうだ、この前、金井くんがいたく反省していました」

ルイはおかしそうに続けた。

「佐野さんに謝りたいって。俺あのときはアツくなり過ぎたかもって、えらく反省してましたから、次は金井くんにも会ってやってください。また一緒にご飯でも食べましょう」

金井には、佐野さんは所詮はキャスターごっこをしているだけじゃないですか、と言われたのだった。思い出しても不愉快だが、またルイに会える理由ができたのは嬉しい。喜んで、と答えると、店の前で手を振って別れた。

帰り道、アリサはなんだか気が晴れなかった。お姉ちゃんごっこ、女子アナごっこ、キャスターごっこ。そうでもしないと居場所がなくなってしまう人間もいる、というルイの言葉は、思いのほかアリサに深く刺さっていた。佐野さんはしんどそうだった、とも……。もしかして自分も演技をしているのだろうか？　だとしたら一体、何を誤魔化すために？

邦彦からは、帰りは午前0時を過ぎるので先に寝ていて欲しいとショートメールが届いた。このところ遅い日が続いているが、イベントが立て込んでいるのだろう。姑に預けた愛の様子が気になって、アリサは駅へと急ぐ足を速めた。確か、この先を右に曲がると近道のはずだ。酔った学生が道いっぱいにたむろしているのを避けて、アリサは帽子を目深にかぶると、細い路地に入った。

「S社、T社、それからN社も、仁和まなみがイメージにぴったりだって言っている。ビッグ中のビッグの3社がだよ？　局アナじゃなければすぐにでも起用するのにって、みんな残念がってるんだ。CM1本3000万は固いよ。もっと出すところだってあると思う。ここだけの話、俺に任せてくれれば所属プロダクションでも最高の待遇にしてあげられるよ。社長はまなみちゃんが来てくれるなら、女優のKをCM女王にした敏腕マネージャーをつけると言っている。ほら、こないだ会った、あの人だよ。俺も全面的に応援するから、会社辞めて、一緒におっきな仕事しようよ」

今日は二人で個室で会っているからか、葛西は一層饒舌《じょうぜつ》だった。仕事の話だけでなく、実家の製薬会社が新薬で当てて大きな利益を出したこと、親が松濤《しょうとう》の家を建て替えて、一人息子に嫁もいないのに二世帯住宅にしたこと、両親に見合いを勧められているが気乗りしないこと、買ったばかりのマセラティのことなど、聞いてもいないのに自分の話をする。その合間に、まなみと青山夏樹の交際がどうなっているのか探りをかけてきた。

「結婚を前提にって感じなのかなあ？　あ、もちろんオフレコ、誰にも言わないよ」

「彼はこのところ新作の取材で忙しいので、そういう話をする時間はなかなか……連載もたくさんあるので、すごく忙しそうなんです」

「だよねえ。稼げるうちに稼いでおかないと、実家の青山画廊も大変だもんなあ」

葛西は意味ありげな言い方をした。夏樹の実家は銀座の大きな画廊と聞いているが、何か問題があるということだろうか。夏樹からはそんな話は聞いていないし、困っている様子もない。わざとゴシップをぶつけて反応を見ているのだろう。まなみは軽く受け流した。

「うちの親父《おやじ》は絵が好きでね」

葛西はワインをもう1本注文するとネクタイを緩め、腕時計を外してテーブルに置いた。パテックフィリップのノーチラス。見た目はシンプルだが年次カレンダーがついているので400万円以上する。いくら大手広告代理店の給料が高いと言っても、30代の会社員が簡単に買えるものではない。まなみに会うから気張ってつけてきたのかも知れないが、実家の羽振りのよさが窺えた。

「現代美術は投資だとか言って、結構集めているんだよね。株は先が見えないけれど、優れた芸術作品は必ず値上がりするなんて言うんだ。適当な親父だなあなんて思ってたら、今や世界的な画家のDとか、クリエイターの神様って言われているOとかの作品を結構初期から買ってたんだよ。うちの居間には親父が青山画廊で買った、今じゃ美術館級の絵が何枚もかかっているんだ。結構見応えあるから、今度ご招待するよ」

まなみはさっきから葛西の目がちらちらと胸元に注がれるのに気付いていた。わずかに鎖骨の見えるぴったりとしたサテンのワンピースは、胸からウエストにかけてのくびれを強調している。ふわっと広がるスカートはコンサバ好みの男に受けるスタイルだ。グレーのアンゴラニットのボレロを羽織って少し野暮ったさを残すのも忘れない。メイクはアイラインを丁寧に入れて、黒目の大きさを強調した。睫毛は目尻にかけて流れるような自然なカールだ。アクセサリーは、まとめた髪の後れ毛のかかる耳につけたパール。ネイルは淡いピンクの単色。香水は石けんのような柔らかな香りのものをほんの少し。

夏樹と初めて食事をしたときも、この香りをつけていた。今は、夏樹は何もつけないまなみが好きだと言う。まなみはいい匂いがするんだから、もったいないよ。まなみの身体のあちこちに鼻をつけながらそう言う。立木文はどんな匂いがするのだろう。そんなはずはないと思いながらも、連絡のとれないときには抱き合う二人の写真が頭をよぎる。今日もまだ夏樹からの返信はない。たった一言でいいのに。編集者と地方に取材旅行に行っているはずの夏樹。今頃どこで何をしているのかな。

「長い不景気の間にずいぶんと負債を抱えて、青山画廊も火の車らしいよ」

チーズをかじりながら葛西が言った。

「実は、倒産の噂も出ている。青山夏樹の印税も、実家の借金返済で右から左に消えているらしい。こんなことは言いたくないけど」

そばで誰も聞いていないのに葛西は声を潜めてまなみに顔を寄せた。視線が胸元を這《は》い回る。耳に熱い息がかかった。

「まなみちゃん、青山夏樹と結婚すると苦労するよ」

もしもこの話が本当なら、とまなみは考える。乗り換えるなら今だ。葛西はとりわけ見た目がいいというわけではないが、見苦しいというわけでもない。軽薄なところはあるが栄泉学院大学卒だし、金はあるようだ。大手広告代理店の社員との交際なら、派手さはないがキャリアの傷にもならないだろう。もし結婚することになったら、車庫に高級外車が何台も並ぶ松濤の二世帯住宅に住むことになるのだ。軽井沢に別荘もある。フリーになってから万が一仕事がうまくいかなくなっても、セレブママとして子育てに集中したいという言い訳も成り立つだろう。

会社を辞める段取りの相談をするということで次回の約束をすると、葛西は支払いを済ませて、まなみをタクシーで送ると言った。店の前の路地に人目がないのを確かめ、まなみの腰に手を回す。まなみが抵抗する様子もなく足を止めたので思い切って抱き寄せる。身体を離すと、角を曲がって来た女がこちらをじっと見ていた。

「まなみちゃん、マスクして!」

抱きかかえるようにしてタクシーを拾い、まなみを押し込むと、葛西も顔を伏せて乗り込んだ。

走り去る車を見送りながら、アリサは興奮を抑えることができなかった。あれは確かにまなみだった。相手の男は誰だろう? 作家の青山夏樹とは、どう見ても違う男だった。誰なのか、知りたい。下北沢の路上で抱き合うとは、まなみも脇が甘い。自分はとんでもないスクープを目にしたのだとアリサはゾクゾクした。

スマートフォンを取り出してまなみのアドレスを選択すると、件名に「こんばんは」と入れる。

——佐野アリサです!

お久しぶり。

さっき、下北沢にいた?

素敵な彼ですね。
今度紹介してください！
楽しみにしています‼

夫にも報告しよう。誰かに言いたくてたまらない。

――下北でルイちゃんとご飯終了。
今ではすっかりオトコマエの滝野くん（！）です。
帰りに偶然、
まなみの路上ハグを目撃！
なんと、相手はあの人じゃないのよー‼
早く帰って来てね。

シャワーを浴びている邦彦は、ベッドで待っている部下の裕子がそれを読んだことに全く気がつかなかった。

「信じられない。前回の特集を受けて話を振ったのに、なんで答えられないのよ！　先週、いかにもわかった風にうなずいていたのは何だったわけ？」

立浪望美は放送後のスタジオで仁和まなみを怒鳴りつけた。生放送でいきなり望美に台本にないことを質問され、まなみはうまく答えられずに笑顔で誤魔化してしまった。望美の嫌がらせなのはわかっている。

「すみません」

まなみは消え入りそうな声で深々と頭を下げた。こういうときは、周囲が気の毒がるくらい謝っておいた方が勝ちだ。そうすれば、怒った分だけ相手の株が下がる。

「謝って済むことじゃないわよ。メインキャスターの席に座らせてもらってるなら、必死に勉強したらどう？」

望美がテーブルを叩くと、フリップを片付けに来たADの女の子が泣きそうな顔で立ちすくんだ。まなみは彼女とそっと視線を合わせて、労る。いやらしい。望美はさらに苛立った。スタッフが注目しているのを知っていて、ああいうことをするのだ。

このところ望美は放送中にまなみを試すような質問をしたり、まなみの進行を無視して話し続けたりするようになった。初めて番組を見た人は、望美がメインキャスターだと思うだろう。望美が張り切っているのには理由があった。テレビ太陽が日曜の午前中に国際ニュース番組を立ち上げると噂されており、メインキャスターは社内から起用すると聞いたのだ。目をかけてくれている報道局長の長谷川には、かねて自分の番組を持ちたいと伝えてある。ここで存在感を示せば、白羽の矢が立つかも知れない。こんな女子アナのゴシップ頼みの番組なんか、皆とっくに見限っている。早く次の行き先を決めないと。

毎週、放送後に母親から送られてくるメールには、仁和まなみとの比較ばかりが書かれている。衣装、肌つや、照明の当たり具合、話し方から表情の癖に至るまで、まなみと比べてはダメ出しをするのだ。無視しようとしても気になって仕方がない。老けていて、垢抜けなくて、笑顔がぎこちない私。いくら取材で頑張っても、スタジオでまなみの隣りに座る限りはこうして比較され続ける。早く自分が中心の番組を持ちたかった。

「私は、バカが大嫌いなの。仕事の足を引っ張られるのはまっぴら。いい？　バカは罪なのよ。顔とゴシップしか売りがないなら、せめておつむのレベルを自覚して努力してよね」

うつむいて涙を拭いているまなみにそう言い捨てて、望美はスタジオを出て行った。

「昼ドラかよ」

カメラマンが呆れて顔を見合わせた。

「私の不勉強で……申し訳ございません」

まなみは片付けの手を止めて残っていたスタッフに深々と頭を下げた。顔を上げると、もう誰もまなみの方を見ていなかった。

フリーになるという記事が出てから、藤村をはじめとしたスタッフから、裏切り者扱いされているのがわかった。いつもはニコニコして話しかけてくれる女性スタッフも素っ気ない。藤村からは「勘違いするな」と言われていた。

「まなみ、おまえ、もしフリーになってもこの番組を続けられると思うなよ」

社員スタッフは、アナウンサーたちを花形扱いで持ち上げる一方で、一介のＯＬのくせにタレント気取りでいられるのは、俺たちが起用してやっているからだという複雑な心理を抱えている。ディレクターやジャーナリストと言っても所詮は会社の用意した肩書きで、辞令一つで飛ばされるサラリーマンに過ぎない。それを自覚しているからこそ、組織を去って独り立ちしようとする者への嫉妬と反感は大きかった。

「おまえ、フリーになるって、まさか俺たちから金とるつもりか？」

藤村は会社を辞めようとするアナウンサーによくそう言った。タダで使えるみんなの女が会社を辞めて金をとるなんて、つまりは売春婦になるってことだろ？　局アナに対するそういう心理は、起用する側に根強かった。男性ディレクターでも女性ディレクターでも、同じことだ。

「望美ちゃんはさあ、頭がいいからキャスターでもすごい納得なんだけど、仁和まなみにキャスターですって言われても、いかにもおじさんが見たいだけって感じで引くよねー」

昼どきのピークを過ぎたカフェでランチをとりながら、野元裕子はそう言って望美を持ち上げた。望美は裕子に褒められると気持ちよくなって持論をぶつ。私は記者として顔出ししている。お飾りの女子アナなんかとは違う。そうだよそうだよ、と裕子はとろんとした目で相槌《あいづち》を打つ。バカな女だと思いながら。自信過剰だから何でも真に受けるのだ。私のことも見下している。私がそれに気付いていないと思っているのだからおめでたい。今まで何でも手に入れてきたタイプの女にありがちな鈍感さだ。あんたらと違って、若いときからいろんなものを諦めなくちゃならなかった私たちの気持ちなんか何も知らないくせに。

同時に局アナ試験を受けて、共に落ちた二人だが、望美は今こうして結局画面に出る仕事をしている。配属先が報道局だった時点で勝ち組だ。裕子ははじめ経理部に配属され、事業部に移った今も、なんの興味もない仕事をさせられている。大声で権利を主張して、自分のしたいことができる女たちには、私なんかものの数でもないだろう。調子に乗って、無様に失敗すればいいのに。ふわふわした印象からは一見わからない、ねっとりとした復讐心に、裕子自身も気がついていないのだった。

裕子の肉厚の唇はいつもグロスで光っている。眠たげな目に、エクステンションをつけてくるんと巻いた長い睫毛。魚のような平たい顔なのだが、上目遣いでゆっくり話す表情には男の気を引くものがあった。男性社員の間ではエロいと人気がある。

自分の売りを知っている裕子はいつも胸元が大きく開いたニットを着て、大きな乳房やぷよぷよした腹のラインを披露している。どこかだらしない感じがするのも男心をそそるらしい。今日も、ふくらはぎを押し込んでパンパンになった黒いブーツの踵《かかと》は、革がめくれてところどころ白いプラスチックが露出していた。

「ねえねえ、望美ちゃん知ってる？　仁和まなみ、最近は青山夏樹じゃない人とつき合ってるみたいだよ。二股なのかなあ。また写真撮られるかもね」

「そうなの？　呆れた」

望美がまなみへのライバル心をむき出しにするのを見るのが裕子は大好きだった。望美はその点ではまるで無防備だ。

「なんかねえ、下北沢で見た人がいるんだって」

裕子はシャワーを浴びている邦彦の携帯電話を盗み見て、アリサのメールを読んだのだ。上司の村上邦彦と初めて寝たのは、彼がまだ独身の頃だ。目鼻立ちはくっきりしているが鈍重な感じのする邦彦は裕子の好みではなかったが、自分と同期の女子アナ・佐野アリサとつき合っていると聞いて、興味を持った。

一緒に地方のイベントに出張したときに誘ったら、簡単に落ちた。なんの工夫もないセックスをする男だった。口を使うとみっともないくらいに嬉しがる。アリサはよほど気のきかない女なのだなと、裕子は勝った気がした。夢中で乳房を摑む邦彦を見下ろしながら、お高くとまった顔でニュースを読んでいるアリサの顔を思い浮かべると、身体がうんと熱くなる。裕子の動きに合わせて邦彦が声を上げるのが、愉快でならなかった。

邦彦がアリサと結婚してからしばらくは関係が途切れたが、アリサが妊娠してからはまた連絡が来るようになった。妊娠中も出産後も、アリサはセックスを拒むようになったのだという。娘にかかりきりで俺には関心がないみたいなんだ、と邦彦は裕子に甘えた。赤ん坊のように吸いつく邦彦に、あなたが想像するどんないやらしいこともしてあげる、と裕子は呪文のように囁いた。邦彦が裕子の部屋を訪れる日が増えても、仕事だと言えばアリサは疑わなかった。なんて間抜けな女だろう。

退屈な仕事の合間に、裕子はアリサに電話をかける。育休中のアリサが昼間に何をしているのか気になった。子持ちの女の暮らしぶりなんて想像もつかない。発信元がわからないよう、最初に184を押してから、アリサの番号を押す。何度も赤ん坊の世話を中断されて、苛立っているかな。勝ち組になったつもりでいるんだろうけど、あんたのださい旦那は私とセックスしてひいひい言ってる。ピルを飲んでいると言ったら泣きそうになって喜んだわ。

深夜、口を開けて寝ている邦彦の携帯電話を盗み見ては、裕子は夫婦の会話を覗く。夫に裏切られていることに一向に気付く気配のないアリサの鈍さがいまいましかった。

ベビーカーのまま入れるカフェに集まった母親たちは、にこやかに挨拶を交わして素早く互いの身なりを点検した。大きな車輪のついたベビーカーに子どもを乗せた女が席に着くなり取り出したマグは、最新型の高価な輸入品だ。子どもが持ちやすくするための工夫が凝らされている。わあ、と他の母親たちが注目した。

「あ、それ私も去年ハワイで買った。使いやすいよね」

サングラスを頭に載せたリーダー格の女が、珍しくもなさそうに言った。

「そうだ、こんどみんなでハワイに行かない？　パパたちはゴルフ、ママとベビーはビーチでゆっくりしようよ」

「いいね。ザ・カハラなら、静かだし、イルカもいるし。うちはマネージャーと仲いいから、コネクティングルームがとれると思う」

即答しかねている周囲をよそに、マグの女がこともなげに同意した。

「ああ、カハラはスイートもいいよね」

サングラスの女は負けじと返す。

オーダーをとりに来たのは、この店のオーナーで幼児教室コーディネーターでもある話題の起業ママだ。

「わあ、まゆみさん今日も可愛い！」

助かったと言わんばかりにみんなが歓声を上げた。

「この前、雑誌見ました。すっごく素敵なおうちですね」

「ほんとほんと、憧れちゃう」

甲高い声で口々に褒めそやす。

「多摩川の花火のときにはテラスでパーティをするから、みなさんいらしてね」

ゆったりと微笑むオーナーの女には、インターナショナルスクールに通う二人の娘がいる。外資系銀行に勤めているという夫は、整った顔立ちのアメリカ人だ。カフェには家族の写真があちこちに飾られていた。

「ああ、見ほれちゃう。リサちゃんもエマちゃんもほんとにきれいですよねえ。将来が楽しみ」

サングラスの女は大げさにため息をつく。

「ママは美人で、パパはイケメンさんだもんね。絵になるファミリーでほんと、羨ましいです」

マグの女もオーナーの気を引こうと甘ったるい声を出した。

「例のプリスクールの説明会、お二人ともエントリーしておきましたから。あとで資料をお渡ししますね。じゃ、ごゆっくり」

オーナーは微笑んで立ち去る。

「有り難うございまあす！」

サングラスとマグは、はからずも声が揃ってしまった。

「あれ、今日、愛ちゃんママは？」

慌ててマグが話題を変えた。

「愛ちゃんお熱かな？」

母親たちはこうしてときどき集まっては、オーナーのご機嫌伺いをする。同じ幼児教室に子どもを通わせていたり、これから子どもを入れようという母親たちだ。幼稚園受験や幼児教室のエントリーのための情報収集と、他の母子の動向を探るための集会。アリサはマタニティースイミングのクラスで知り合った母親に誘われて、何回か参加していた。

「あのさ、ちょっと言いにくいんだけど」

サングラスが声を潜めて、一座の注目を集めた。

「私、見ちゃったんだよね。水曜の夜、愛ちゃんママが下北沢で若い男の子とご飯食べてるの」

「えっ、ほんと？」

マグが身を乗り出す。

「うん。結構年下だと思うんだけど、なんかちょっと愛ちゃんママが問いつめるみたいになってて……」

「なにそれ！」

「『どこがよかったの？』とか『それって恋愛感情？』とか言って、結構いきり立ってた」

女は、鉢の張った頭からずり落ちてきたサングラスを押し上げて続ける。

「でさ、その男の子が結構イケてんの。愛ちゃんママの彼氏としては、正直、意外？」

同意を求めるように語尾を上げる。くすくす笑いが漏れた。みんなもっと続きが聞きたい。

「でもさ、愛ちゃんママ、地味だけど一応アナウンサーだよね。確かニュースとか読んでなかった？　そのうち復帰するとか、取材がどうとか言ってたし」

マグが信じられないという顔でみんなを見回す。

「地味だけど一応、って超ウケるんですけど」

サングラスは手を打って笑う。ライバル同士、すっかり意気投合している。

「でもほんと地味で、最初全然わからなかったんだよね。デニムにスッピンだと、オーラゼロ。私、お店の人と仲いいからさ、店長がこっそり教えてくれたわけ。びっくりして、気付かれないようにすっごい顔隠しちゃった。おいおい、おまえが芸能人かよって感じ？」

わっと笑った中には少し後ろめたそうな顔をする者もいたが、好奇心には勝てない。男はどんな様子だったか、顔は誰に似ていたかなどと次々に質問が飛んだ。

「うーん、顔ちっちゃくて、おしゃれ系。俳優のKに似ているかも」

「『サタデーニュース』の立木文も確か年下と同棲じゃなかった？」

マグが口を挟む。

「見た見た、今朝のワイドショー。10歳年下のモデルでしょ？　前も青山夏樹と写真撮られたしさ、ほんと若い子が好きなんだね」

サングラスは芸能ニュースに詳しい。

「だよねー。っていうか愛ちゃんママ、不倫だとしたら驚きじゃない？　ママ会でもなにかと硬派をアピールしてるじゃない。ニュース見ないって言ったらすっごい軽蔑した顔されちゃった。ほんと、ごめんなさーいって感じ。そんな人が不倫って、どん引きだわ。あのさ、それってツイートされてたりしない？」

マグがスマートフォンを取り出す。

「私もそう思ったんだけど、されてないんだよね」

「ふーん。まあ、若い子なんて佐野アリサって誰？　って感じかもね」

マグは愉快そうに笑った。


その頃、紺のスーツを着たアリサは愛を連れて、姑の房江と幼児教室を訪れていた。1歳児クラスに入れるように主宰者にご挨拶しましょう、と房江が面会の約束を取り付けたのだ。

「アリサさん、あなたお仕事はもう辞めるのよね？　母親の身勝手で子どもの教育をおろそかにしてはダメよ。邦彦も、いい年して奥さんが働いているなんて、恥ずかしいわ。このお教室には共働きのお母様なんていないんじゃないかしら」

今どきそんなはずはないだろう。アリサは姑の古くさい決めつけに辟易《へきえき》したが、微笑んで聞き流した。今日はとにかく印象をよくしておかなくてはならない。

主宰者はかなり年配の女性で、幼児教室の草分けとして、母親たちの間では有名な人物だ。毎年、栄泉学院幼稚園をはじめとする有名幼稚園に何人も合格者を出している。自身も3人の子どもを下から栄泉学院に入れて育て上げた。自らの育児経験をもとに始めた受験指導の評判が口コミで広がり、30年以上経った今も第一人者として現役で子どもたちの指導をしている。今では彼女の教室に入るための塾まであるほどだ。私立幼稚園並みの月謝をとるにもかかわらず、子どもが1歳のときから通わせる母親も珍しくなかった。

アリサも、愛が1歳になったらこの教室に入れようと決めた。姑の言う通り、超難関の栄泉学院幼稚園に合格するには、生まれてすぐに準備を始めないと間に合わないのだ。

娘の愛を夫の邦彦と同じ「下から組」、つまり栄泉ブランドの正統な継承者にしたい。岡山で生まれ育ったアリサと違い、娘の愛は東京の港区の病院で生まれ、世田谷区の高級マンションに住み、テレビ局勤務の父親が運転するBMWで遊園地に行くのが当たり前の女の子だ。しかも、母親はニュースキャスター。幼稚園から一流校に通う女の子にふさわしい。東京の上流階級では「下から栄泉」が常識なのだと、姑の房江が言っていた。栄泉学院では、仁和まなみのような大学から入った者は「外様《とざま》中の外様」なのだと。

東京育ちの姑や夫に対して、アリサはずっと引け目を感じていた。お受験なんて、岡山の県立高校から上京して国立の女子大に進んだアリサには馴染みがなかった。だからはじめは愛も保育園で十分だと思ったけれど、いざ気が変わってお受験を考え始めたら、見える風景ががらっと変わった。東京のお金持ちが目の色を変えて奪い合う、最高のステータスの眩しさに気付いたのだ。

知らなかった。世田谷ママ同士の会話でも、それとなく出身校や配偶者の学歴を聞き出し、暗黙のうちに序列が決まっていたのだ。地方出身のアリサは「芸能人枠」というおみそには入れてもらえても、正統派には入れない。知らぬ間に、にっこり笑顔で選別されていたのだ。

だけど、私は無教養で見栄っ張りの芸能人とは違う。まっとうな会社のアナウンサーだ。しかも、全国放送のニュースキャスターなのだ。なんとしても愛を栄泉学院幼稚園に入れなくては。「仕事も育児も手を抜かない」、それが優秀な母親の証明なのだから。

「アリサさんのニュースを先生もご覧になっていたなんてね」

帰りの車で姑の房江は上機嫌だった。

主宰者の女性は、テレビ太陽で7年間ニュースキャスターをしていたと話したアリサに、お顔を拝見したことがありますよと笑顔で答えてくれたのだ。もしかしたら、これをきっかけに姑の考えも変わるかも知れない。知性派ママキャスターとして仕事を続けることを、きっと先生も評価してくれるだろう。アリサは晴れやかな気分で帰宅した。

欠席してしまったママ会の詫びをメールしようとスマートフォンを取り出すと、非通知で2回、着信記録が残っていた。面会のときにマナーモードにしたままだったらしい。留守番電話には夫の邦彦がメッセージを残していた。仕事でトラブルが起きて、今夜も遅くなるという。今日は早いと言っていたのに申し訳ない、とわざわざ詫びるなんて珍しい。愛の幼児教室のコネ作りに行くと話してあったので、気にしてくれたのかも知れない。

テレビ太陽の事業部で子ども向けイベントを担当していた邦彦が、ヨーロッパからオペラを招く担当にうつり、時差もあって連絡や準備が大変なのだという。華やかな仕事でいいじゃない、とアリサは喜んだ。もともとは海外に関わる番組制作がしたくてテレビ太陽に入った邦彦が、このところ忙しいながらも生き生きとしているのを見ると嬉しかったし、これで「ご主人は何の番組を担当していらっしゃるの?」とママ友に尋ねられても気まずい思いをしないで済む。子ども向けの公開朗読イベントと答えるより、ヨーロッパからオペラを呼ぶ仕事と言った方が様になるし、尊敬されるだろう。

アリサは愛と二人きりの夕食の支度をするためにキッチンに立つと、買ったばかりのドイツ製のエコ洗剤をほんの少しスポンジに垂らした。真っ白な泡から飛んだシャボン玉がアリサの鼻先で弾ける。幸せって、こういうことかも。今夜も邦彦に美味しい夜食を作っておこう。パパ頑張って、ってメモをつけて。


「世間は知らないけどさ、ここはいわゆる財界人や政治家の社交クラブなんだ。親父が会員だから俺もよく使ってる。絶対に情報が漏れないから安心して飯が食えるんだ。レストランもホテルも、最高だよ」

葛西は自慢げに言った。エレベーターの扉が閉まると、当然のようにまなみの肩に手を回す。食事のあとに何を期待しているのかは予測がついたが、ごり押しするほどの度胸がないのもまなみにはわかっていた。

建物の内装は高級リゾートのような豪華さだ。都心の一等地のビルが丸ごと一棟、会員制のクラブ施設になっている。エントランスの扉は暗証番号を入れないと開かない。まなみは初めて見る世界に気持ちが浮き立った。葛西が受付で父親の名を告げると、係が個室に案内した。

「親父にはもう、まなみちゃんのことは話してあるんだ。すごく喜んでいるよ。ここなら安心だろうって、すぐに席をとってくれた。飯もうまいし、スタッフは口が堅いから、ここでは何を話しても大丈夫だ。遠慮なく寛《くつろ》いでよ。客も一流どころしかいないから、一般人に出くわすこともないしね」

葛西は、父親にまなみのことをどう話したのだろう。すっかり恋人気取りでまなみは呆れたが、確かにここは得がたい環境だった。

葛西は夏樹のような知名度も容姿もなかったが、金があり、贅沢を知っていた。人目に触れるところでは気兼ねなく世間話もできないまなみにとっては、こうした特別扱いは快適だった。個室のないレストランではいつも遠くから誰かが携帯カメラで撮影していないか気になったし、こちらを見ながらスマートフォンの画面になにやら打ち込んでいる人を見ると逃げ出したくなった。

今の自分の知名度からしたらこれくらいの待遇がふさわしいとまなみは思った。いくら人気者でも会社員である局アナの給料は、高いと言っても知れている。タクシー通勤も無理だし、こんな世界にはとても自力では手が届かない。フリーになれば、知名度に見合った収入が得られるだろう。それに、とまなみは考えた。葛西という男は、私のような言わば高値のついた女にとっては、いい資金源だ。値段に見合う女でいるためには、それだけコストがかかるのだから。

　今まで夏樹のくれたプレゼントはどれも手頃なものばかりだった。暮らしに困っている様子はないが、金があるのかないのかよくわからない。実家が銀座の大画廊だというのに堅実に育てられたのか、ブランドものや話題のレストランにも興味がないようだった。見栄を張らないのはいいけれど、葛西のようにまなみを特別扱いして、高級品のように扱ってくれることもない。

　まなみはそれが不満だった。仁和まなみを有り難がらない男はいない。夏樹だって、対談で初めて会ったときにはずいぶん緊張していたではないか。食事に誘ってきたときも、とても丁寧なメールだった。それがほぼ一緒に住むようになってからは、執筆の取材だとかホテルに缶詰だとか言ってろくに会えない月もあるし、メールの返信も滞りがちだ。たまに外でデートしても、編集者から電話があると食事中でも席を立ってしまう。ひとりぼっちで皿に向かいながら周囲の視線を気にしているまなみのいたたまれなさには無頓着なのだ。日本で一番有名なアナウンサーをこんな風に人目に晒さないで！　と叫び出したい気持ちになる。

　もっと一緒にいたい、一体私のことを何だと思っているの？　となじりながら、恋人として大事にして欲しいのか、それとも上下関係をはっきりさせたいのかまなみは自分でもわからなくなる。

まなみは夏樹の整った容姿が好きだし、身体の相性もぴったりだ。夏樹が、自分をただの女子アナではない深みのある女に見せてくれることも知っている。それにまなみがいないと書けない、と夏樹は言うのだ。ああこんなきれいな身体、見たことないって。

ファンの女たちがみっともない身体を熱くして読んでいる恋のお話は、全部夏樹が私を思いながら書いたのだ。彼は、あんたたちが誰にもしてもらったことがないようないろんなことを私にしてくれる。女たちの憧れの男を独占していることにまなみは満足していた。女子アナではない私を愛して欲しいという感傷もある一方で、夏樹が自分を特別な女として崇拝することを求めていた。男の欲望は、女に権力を与える。ましてそれが、みんなが欲しがる男なら、なおさらだ。

その優越感が、きっと母にも伝わったのだ。あの日もまなみは学校から戻ると父と書斎で待ち合わせて、写真を撮られていた。制服での撮影が終わると、父の指示通り学校指定の水着に着替えた。その日は、いつものように立っているところを撮影し終えると、そばに来るように言われた。言われるままに膝に乗って、大きな鏡の中の自分と向き合う。父の膝の動きに合わせて少しずつ開いていく脚を見ているところへ、予定よりも早く母が戻って来たのだ。彼女が書斎の扉を開けたとき、夫は水着姿の16歳の義理の娘・まなみを膝に乗せて、鏡に向かってカメラを構えているところだった。

和服姿の母は美しかった。きれいな女が一人もいなかった仁和家に迎えられた後妻とその娘。女は美しくなきゃいけない、と父は口癖のように言った。まなみはママの若い頃にそっくりだよ、と取り出した写真には、ナースの制服姿の母がいろんなポーズで写っていた。下着姿の写真もあった。まなみ、これは芸術なんだ。きれいな女は芸術品だからね。

母は黙って書斎を出て行くと、何事もなかったかのように父の好物をたくさん食卓に並べた。母はそれきり茶会に行くのをやめ、まなみの弁当には油物ばかりが詰められるようになった。書斎の写真は処分され、父は新しい愛人を作った。

看護学校を出たばかりの若い愛人は院長先生の奥様に感じが似ていると陰で噂されたけれど、それは母によく似たまなみの身代わりなのだと家族は知っていた。血の繋がらない不器量な姉と、唯一の血縁である美しい母。まなみはどちらの女にとっても目障りなライバルだった。一番若くて一番きれいな女にだけ、価値がある。それが仁和家の女たちを縛るルールだ。まなみはいつも父の目を捉えて放さない。姉がどんなに勉強をしても、母が毎日手の込んだ料理を作り続けても、父の目は決してまなみの身体から離れることがなかった。父は金を積んでまなみを栄泉学院大学に入れた。学業に厳しい仁和家では、それまで考えられないことだった。後妻とその娘は高学歴の一族の中では居場所がなかったが、まなみはその美しさの対価として、父にすべてを与えてもらったのだ。

見られる者だけが勝ち残る。それが、まなみが知っているたった一つの生き延びる方法だった。

「まだ極秘らしいんだけど、テレビジャパンのNアナがフリーになるらしい」

赤ワインのグラスを置くと、葛西は他局の人気アナの名を挙げて、話を切り出した。

「って言ってもあっちはスポーツ畑だからまなみちゃんとキャラがかぶることはないけどね。でも、学生時代にはグラビアもやってたし、まだ25だし、野球選手とつき合っているから派手なイメージがあるだろ？　ちょっと話題になると思うんだ。今、社内でもめてるらしくて調整しているみたいだけど、来月末には、辞めることを公表するらしい。フリーになってからの所属は、女優のJがいるやり手の事務所だ。なにしろ公表まであと1ヶ月しかない。先を越される前に、まなみちゃん、こっちもぶちあげちゃおうよ」

まなみのフリー転身は週刊誌の記事で噂にはなっているものの、まだ正式に会社には言っていない。今から1ヶ月以内に番組やアナウンス部に話を通して辞表を受理してもらうなんてとても無理だ。きっと慰留されるだろうし、きちんと根回しをしないといろんな人から恨まれかねない。

「それはちょっと急過ぎて……」

「まなみちゃん！　CM女王が目の前に見えてるんだよ。今そんなことを気にしていちゃだめだ。頭一つ抜けたやつの勝ちなんだから。早く辞めちゃえって。俺がきっとナンバーワンの売れっ子にしてあげるから」

葛西はまなみの手をとった。袖口から微かにブルガリオムの香りがする。親指の腹でしばしまなみの掌をまさぐると、葛西は手を離してまなみの顔を覗き込んだ。

「俺ね、Nアナからも言われてんの。大手化粧品会社のCM、口きいてくださいって。俺としては大学時代のよしみもあるし、まなみちゃんに決めたい。でも、向こうが先に動くんなら、ちょっと考えないと。Nアナも、クライアントにかなり人気なんだよ」

こんな男の言うことを真に受けてはいけない。そう思いつつもまなみは焦った。Nに先を越されたくない。スタイルがよくて明るいので女性にもファンが多く、好きな女子アナランキングではまなみに迫る勢いを見せていた。人気女優のJと同じ事務所というのも面白くない。自分よりも若い女に出し抜かれるのはプライドが許さなかった。

「わかりました。明日、部長に会って話します。きっと慰留されると思いますが、なるべく早く答えを出すようにします」

「大丈夫、俺も動いてあげるから。記事になっちゃえば、こっちのもんだよ。Nアナの退社なんて、まなみちゃんの一面スクープで吹っ飛ばそうぜ」

葛西は機嫌よくグラスを呷《あお》った。不安を打ち消そうとまなみもグラスを空ける。このあと葛西の誘いをどうやってかわそうか。フリー転身がうまくいくまではお預けだと言えばいい。今は大事な時期なのだ。大手のCMにはなによりイメージが大切なのだから。

部屋を出ると、向かいの部屋の扉が開いて、熟年夫婦が出て来た。娘らしき女と若い男も一緒だ。女の話に愉快そうに声を上げて笑った男は、細身のスーツを着た青山夏樹だった。

まなみは驚いて顔を伏せた。夏樹は、今日は編集者と打ち合わせのあと、銀座で作家仲間の出版パーティに出席するから遅くなると言っていた。もしかしたら、予定が変わったのかも知れない。夏樹の実家は大きな老舗画廊なのだから、ここの会員でも不思議ではない。だとしたら、一緒にいる家族連れは夏樹の両親と姉だろうか。葛西と一緒にいるところを見られたくない。まなみは後ろから葛西の腕を引いて、部屋に戻ろうとした。

「まなみちゃん大丈夫？　気分悪いの？」

葛西が余計な気をきかせる。まなみの肩を抱いて支えると、上でちょっと休んでいこうか、と耳元で囁いた。誘ったと勘違いされた。まなみは舌打ちしたい気分だった。

「仁和まなみさんですよね」

女がこちらに気がついた。まなみは慌てて葛西から離れると微笑んだ。女は、背が高いこと以外は夏樹とは全然似ていない。ルブタンの細いヒールとカッティングに工夫を凝らした黒いワンピースで肉厚の体型をうまく誤魔化している。サンローランのロゴ入りの黒縁眼鏡の奥で、よく光る小さな目がまなみを隅々まで点検していた。髪をひっつめた化粧気のない顔の真ん中で、大きな丸い鼻がつやつやと光っている。30代半ばぐらいか。他に褒めるところがないので肌がきれいだと人が褒めるのを真に受けて、いい年をして素顔で仕事をしているブスの典型だわ。まなみは用心した。女はバッグから分厚い名刺入れを取り出すと、まなみに差し出した。

「いつも青山夏樹がお世話になっております。担当の島田です。お父様、こちらは夏樹くんのお知り合い。テレビ太陽の仁和アナウンサーよ」

差し出された名刺には大手出版社の社名の下に「島田直《なお》」とあった。見覚えがある名前だ。夏樹宛に時おりこの名前で資料が届く。ずっと、男の名前だと思っていた。この女が夏樹の担当編集者だったのか。まなみは自分の間抜けさに笑い出したくなった。夏樹は取材旅行だ、缶詰だと言っては、きっとこの女とずっと一緒にいたのだ！

「島田さんはデビュー作からの担当で、ずっとお世話になっているんだ。受賞作も、島田さんなしでは書き上げられなかった」

「いえいえ私こそ、若き天才作家を担当させて頂いて光栄です」

女がおどけて言うと、熟年夫婦が愉快そうに笑った。夏樹はいつも通りの感じのいい笑顔で葛西に挨拶した。

「はじめまして。青山夏樹です」

「葛西と申します」

葛西は名刺を出した。

「仁和さんとは大学のゼミの先輩後輩というご縁もあって、ときどきお食事をご一緒しています。青山さんもこちらの会員だったんですね。今後ともよろしくお願い致します」

「父がここの会員なの」

女が夏樹の代わりに答えた。

「私は子どもの頃から来ているけれど、これからは夏樹くんも、父の名前でいくらでも使ってね。葛西さん？　は、もしかしてD製薬のおうちかしら。子どもの頃にここでお会いしているかも知れないわね」

女は大きな投資会社の名前を挙げて父親を紹介した。

「お二人、すごくお似合いね。素敵なカップルだわ。ねえ、お母様」

「ほんと、絵になるお二人ね。はじめまして、島田の家内です」

女の母親は、白髪をきれいにセットして、指には大粒のダイヤモンドを光らせている。

「直は跳ねっ返りでこの年までずっと仕事ひとすじでしたの。青山さんの才能に惚れ込んでいるとは聞いていたんですけれど、今度は主人が青山画廊さんとのお仕事を手掛けることになって、ご縁を感じているんですのよ」

まなみは初めて聞く話だ。夏樹と目が合う。

「身内の恥を晒すようだけど、父が画廊の売却を考えているときに、直さんがお父様に相談してくれて……再建計画をご提案くださったんだ。有り難うございます」

夏樹は女の父親に頭を下げた。

「お役に立てて光栄だよ。なによりこのじゃじゃ馬が惚れ込む人がやっと現れたんだから、むしろこちらが三顧の礼でお迎えしないとな」

わっと沸いた島田家の人々の横で静かに微笑んでいる夏樹は、まるでこの家の末っ子みたいだった。

画廊の売却？　葛西の言っていたことは本当だったのだ。そんなこと、夏樹は何も話してくれなかった。私からの連絡にはろくに返事もしないで、夏樹はこの女とずっと一緒にいたのだ。実家の悩みまで相談して、家族ぐるみのつき合いになっていた。こんな中年女と。バカみたい。まなみは猛然と顔を上げて夏樹を見た。夏樹は如才ない笑顔で島田氏の話にうなずいている。

作家だから束縛が嫌いだという言葉を本気で信じていたわけじゃない。ださい女だと思われたくなかった。自分の方が格上なのだから追いかけるのはみっともないと思っていたことも確かだ。でも、こんな裏切りをする男だとは思っていなかった。まなみがいないと書けないっていう言葉は、嘘だったの？　作家は嘘つきだって、自分で言っていたけれど。絶対に許さない。私があんな不細工なおばさんに負けるなんて。

「葛西さんには、いろいろ相談に乗って頂いてるんです」

まなみは葛西に寄り添った。

「仲がよくてなによりですね。でも写真週刊誌には気をつけてくださいね。夏樹くんも、立木文なんかと噂になっちゃって、とんだ迷惑だったものね」

島田直は笑うと、送るわと夏樹に言った。夏樹は慣れた感じでうなずくと、まなみと葛西に感じのいい笑顔を向けた。

「ではまた」

「失礼します」

まなみの表情は硬いままだ。今二人が半ば同棲していることはみんな知っているはずなのに、こうして夏樹と他人行儀に挨拶を交わして別れるなんてとんだ茶番だ。このあとどんな顔をして夏樹は私と暮らす部屋に帰るつもりなのだろう。それをわかっていて、送って行くと言う女もいやらしい。まなみは葛西の腕をとるとフロントの手前で立ち止まり、エレベーターの上階行きのボタンを押した。

真新しいオフィスビルの和食レストランで、望美は報道局長の長谷川を待っていた。久久に昼飯でも食うか、と連絡があったのだ。皇居を望む低層階にあるこの店は、長谷川が宝塚の公演を見たあとに寄る行きつけだという。

新番組の国際ニュースの話だろうと予想はついている。華やかなプリントのダイアン・フォン・ファステンバーグの新作ドレスを着て来たのは、望美の期待の表れでもあった。

「おー、今日も決まってるねえ。最近はすっかりキャスター姿が板についているもんなあ」

長谷川は上機嫌だった。店員にランチコースを注文すると、昨日見てきた舞台の話を始める。有望な新人を見つけたという。まだ音楽学校を出たばかりだけど、あれは将来大化けするぞ。

色仕掛けでスクープをとっていると噂を流されて望美が政治部を飛ばされ、夕方ニュースのミニコーナーのディレクターになったとき、番組のプロデューサーだった長谷川は、腐っていた若い望美をよくこうしてランチに連れ出してくれた。その頃から、小柄で貧相な見た目と、熱心な宝塚ファンであることのギャップを周囲は面白がっていたが、望美が中学生の頃にちょっと宝塚にはまったことがあると言ったら格好の話し相手にされてしまった。とかく男社会で生意気と言われがちな望美を、折に触れ励ましてチャンスをくれたのも長谷川だ。

「新番組、君も話を聞いているだろ?」

「はい」

「決まったよ」

長谷川は声を弾ませた。

「まだ内々の話だけど、キャスターは、蓮《れん》あすかだ」

「はい?」

望美は思わず聞き返した。

「夢組のトップだった、蓮あすかだよ! 去年退団して、大手芸能事務所に入っただろ。

それがまさかのキャスター志望だということでね。子どもの頃はニュースキャスターになりたかったそうなんだ。それで僕が前からファンなのを知っている関係者が、新番組にどうですかって極秘で紹介してくれたんだよ。あそこの事務所にはうちとしても朝の番組のコメンテーターのYさんを泣く泣く切ったっていう借りもあるからね。いやあ、ほんとに夢みたいだよ。夢組だけにな！」

報道局の威信を賭けた新番組と言っていたのに、個人的な趣味とタレント行政でキャスターを決めたのか。望美は裏切られた思いだった。努力して、結果を出せば報われると思っていた。今回だって、長谷川の期待に応えるべく「ウィークエンド6」の特集キャスターを頑張ったのに。

結局、男は女を見た目でしか判断しないのだ。画面に出る女は自分の思い通りにできるお人形に過ぎない。長谷川だけは私の才能を評価してくれていると思っていた。それが、これまで原稿を一本も読んだことのない女をキャスターにしてこんなに喜んでいる。私がどんなに優秀でも、仕事でいい目を見るのは自分を売り物にする女たちなのだ。やりきれない思いで、涙が滲む。

「デザートの苺《いちご》、うまいぞ」

相好を崩す長谷川を前に、望美はうまく笑うのに精一杯だった。

第五章

会議室に集まったのは、アナウンス部長、各局長、それに番組のプロデューサーらだった。

「ご迷惑をおかけして申し訳ございません。でも、気持ちは変わりません」

まなみは改めて会社を辞める決意を伝えた。

「どこの事務所だ？」

藤村が尋ねた。

「いえ、まだ決めていません」

「まあ、どうせ話はついているんだろうな。ちゃっかりそろばん弾いて決めたんだろ」

番組の打ち切りが正式に決まるのと時を同じくしてまなみが辞表を出した。藤村は、番組が終わるのはまなみのせいだと言わんばかりだ。打ち切りが公になる前に私の退社スクープ記事を出してもらわなくちゃ、とまなみは葛西の顔を思い浮かべた。

あの夜、夏樹への当てつけで葛西と寝てしまった。もっと引っ張るつもりだったのに、夏樹と担当の女性編集者との家族ぐるみのつき合いを知って、つい感情的になってしまったのだ。

葛西はまなみを組み敷きながら何度も名前を言わせた。喘《あえ》ぎながら「仁和まなみです」と言うまなみの脚を大きく広げ、乱暴に突く。恍惚とする葛西を見上げながら、まなみは笑いをこらえるのに必死だった。こんなことで興奮するなんて、男ってなんてバカなんだろう。好きでもない男にしがみついて切なげに声を上げることなんて、私にとってはなんでもない。カメラの前で善良そうな顔を作るのと同じくらい、簡単なことだ。今はこの男を最大限利用するしかない。落ち目になる前に会社を辞めてCM女王になり、あの番組の失敗なんて帳消しにするのだ。

まなみは後輩に人気者の座を譲りつつあったが、まだ全国的な知名度の高さでは群を抜いている。局としては辞められると痛い。けれど、若手が順調に育っていることもあってか、まなみが予想したほどの強い慰留はなかった。話題になった報道への転向が、結局は番組終了という形でうまくいかなかったことも影響しているのだろう。人気もそろそろと踏んでか、今は制作費の削減が厳しいから、辞めたあとも続投してもらうのは難しいと思う、とはっきり告げる者もいた。テレビ局の人間は本当に逃げ足が速い。まなみを絶賛していたディレクターたちも、すでに新人の囲い込みに忙しかった。

まなみは年をとるのが怖い。どんどん後輩が育ってきて、仕事を横取りしていく。どんなにきれいな女でも、替えはきくのだ。ママより私がきれいになったとたん、パパは写真のモデルを替えた。いつだって、一番若くてきれいな女だけが特権を得られるのだ。

自分よりも若くて人気のあるアナウンサーに看板女子アナの座を奪われるのを、まなみは恐れた。そんな屈辱は味わいたくない。それじゃ、あの人たちと同じだ。まなみに父親をとられた姉の里子や、夫をとられた母のように、嫉妬に歪《ゆが》んだ醜い顔を晒したくなかった。

番組終了の噂が立った頃から、藤村はまなみの悪評を流し始めた。女王様気取りで挨拶もしないとか、ADの女の子をいじめたとか、いかにもありそうな話だ。立浪望美とは犬猿の仲で、二人の確執が番組不調の原因だと吹聴した。周囲も藤村の責任逃れだとわかってはいても、女子アナのゴシップはやはり面白い。噂は好き勝手に脚色されて広まっていった。

一礼して部屋を出ると、まなみは葛西に連絡した。会社に話は通したので、テレビジャパンのNアナがフリー転身を発表する前に動いて欲しい。電話を受けた葛西は、すぐに知り合いのスポーツ新聞の記者に手配すると請け合った。

「記事が出ても、おまえは知らないふりをしていればいいからな」

一度寝たら、呼び方がまなみちゃんからおまえに変わった。わかりやすい男だ。

夏樹はまなみという名前が好きだと言った。まなみの身体みたいに、しなやかで丸みのある名前だと。あの女のことも、名前で呼ぶのだろうか。たるんだ肉に埋もれて、なお、なおって言うのかな。汗をかきながら太い脚を広げているあの女の姿を想像すると吐き気がした。

葛西と寝た翌朝、部屋に戻ると、まなみはキャリーバッグに自分の荷物を詰めた。かさばるものはゴミ袋に入れる。部屋着も、下着も、この部屋の匂いのするものは全部捨てると決めていた。

「まなみ、怒ってる？」

ベッドで眠っていた夏樹は、まなみが寝室の化粧品を片付ける音で目を覚ました。もっと前から起きていたのかも知れない。

「島田さんとは何もないよ」

他人事みたいに冷静な声だった。

「ご家族でよくしてくれるから失礼のないようにしているけど、仕事以上の関係ではない。まなみは誤解したみたいだけど」

まなみは返事をしないで、ベッドサイドの棚からシルクのパジャマを出してゴミ袋に入れた。着心地がよさそうだからと買ったものだが、夏樹と寝るときはいつも裸で、ほとんど着なかった。パジャマの裾が引っ掛けた小箱が落ちて、コンドームが床に散らばった。

間の悪さを呪いながらかがんで拾い集めるまなみを、ベッドの上から長い腕を伸ばして夏樹が手伝う。こんな状況で二人でコンドームを拾っているバカバカしさに、まなみは涙が出てきた。

「どう聞いたって結婚するみたいな言い方だったじゃない。ずっと取材だとか執筆だとか言って連絡をくれなかったのも、あの島田って人と一緒だったからでしょ？　私と知り合うよりもうんと前から、そういう関係だったってこと、私は何も知らなかった。許せない」

「違うよ、まなみ。取材旅行は別の出版社との仕事だから、島田さんは一緒じゃない。当たり前だけど、作家はいろんな出版社と仕事するんだ。島田さんは古いつき合いだから家族みたいな感じだけど、それ以上じゃないよ」

「島田さんじゃなくて、直さんでしょ。そう呼んでたじゃない。白々しいわ」

「まなみは、葛西さんといつから会ってるの」

夏樹は集めたコンドームをまなみから受け取ると、箱を元の棚に戻した。最後に使ったのはほんの2日前だ。昨夜、葛西は何もつけなかった。別れる気で荷物をとりに来たのに、まなみは葛西とのことが今さらながら後ろめたかった。

「何回か食事しただけよ。仕事の相談で」

「島田さんから……直さんから聞いたけど、あの人はあまり評判がよくないみたいだ。実家は有名な会社だけど、本人はいわゆるビッグマウスって言うのかな、信用できる人ではないらしい。若いアナウンサーにうまい話を持ちかけて言い寄ったりしているって」

「もしかして、やきもち妬《や》いてるの？」

「心配しているんだよ」

「自分の心配事は島田っておばさんに話すのに、私のことはご丁寧に詮索するのね」

「直さんは昔からの知り合いだから、いろいろ知っているだけだよ」

夏樹の窘めるような口調が癇《かん》に障る。葛西に感じていた不安をあの中年女に言い当てられたのも悔しかった。世間知らずの女子アナが札付きに騙されていると、きっとあの女は腹の底で笑っていたのだろう。それを親切顔で語ったのを真に受けて忠告をする夏樹の鈍さも腹立たしい。

「じゃ、私は夏樹にとって何だったの？　相談も連絡もしないで、会えばまなみしかいないなんて持ち上げて、結局はセックスするだけの女？　ほんとは、大きな賞の戦利品として女子アナの彼女が欲しかったんでしょ。立木文とだって、女優と寝てみたかったからでしょ？　急に有名になったからって調子に乗って、見苦しいわ」

「そんな言い方ないだろ？　まなみが俺に対して優越感を持っているのは知っているよ。立場からしてそう思うのも無理はないと思うけど、俺はほんとにまなみがきれいだと思ったからそう言っただけだ。別に有名人だからセックスしたかったんじゃない。まなみがきれいだから好きだし、一緒にいたいと思ったんだ。今だってそうだよ」

「なら、きれいだと思う女なら誰とでもするの？」

そう言いながら、あんなおばさんとだって寝たくせに。

「……それは、そうかも知れない。でも、まなみほどきれいな人は他に知らない」

夏樹は身体を起こして、生真面目に答えた。

「はい？　なに言ってるの？　じゃ、別に私じゃなくてもいいってこと？」

ゴミ袋を持って仁王立ちになったまなみを、夏樹が見上げている。

「まなみ、見た目だけで勝負するのって、相手に差し出すってことだよ。とてもフェアで勇気のいることだ。俺、それができる女の人に初めて会った。だからまなみを好きになったんだ」

なにか尊いものを手放してしまった気がする。でも、すごくないがしろにされた気もする。まなみはすぐには言葉が見つからなくて、夏樹を見つめて立っていた。

「そうしてゴミ袋なんか持ってても、まなみはきれいだと思う。怒っててもきれいだ。それじゃダメなの？　そう思うだけじゃ、足りない？」

夏樹は残念そうだった。

私には夏樹の言っていることがよくわからない。でもあんなこと、今まで誰も言ってくれなかった。きれいな私は、お金と同じだ。いろんなものと交換できる。だけど夏樹はお金はいらないって言っているんだと思う。くれなくていいから、ただ見せてくれればいいからって。それで私を気持ちよくしてくれて、自分のものだとも思わず、まるできれいな花を見たときみたいに、そっと鼻を近づけて優しくしてくれる。そしてすぐに忘れてしまう。ほんとに、それの何がいけないのだろう？

理由はわかっている。夏樹がそう言いながらも、あの女に甘えているのが許せないのだ。自分の弱いところはあのブスに預けて、私のことは讃《たた》えるだけの夏樹はずるい。その夏樹の弱さもずるさもはなから引き受ける気がない自分をわかっているだけに、まなみは夏樹に頼られる島田直が妬ましかった。


〝仁和まなみ、イケメン作家を捨てて、敏腕広告マンと熱愛発覚！　悲劇のヒロインからのフリー転身で狙うはＣＭ女王⁉〟

スポーツ紙の一面に躍った見出しは瞬く間にネットニュースに流れた。記事が出るときは事前に知らせると言った葛西からはなんの連絡もない。まなみは怒りに震える手で何度も電話をかけた。

熱愛スキャンダルなんて、話が違う。テレビジャパンのNアナがフリー宣言をすることを嗅ぎつけた葛西が、Nアナよりも先にまなみの退社記事を出して、世間の注目を集めようと提案したのだ。そうすれば、大手のCM契約もまなみに有利に運ぶと言っていた。なのに、夏樹との破局や、葛西との交際をばらすなんてひどい。これでは逆効果ではないか。世間では、すっかりまなみが悪者になっていた。落ち目のアイドルアナからニュースキャスターに転身をはかって失敗したくせに、イケメン作家に二股をかけられたのを逆手にとって悲劇のヒロインを演じ、うまいこと人気者になった女。それが今度はCM女王を狙ってあっさり男を乗りかえたのだ。あんな計算高い女に騙された青山夏樹が可哀想。早くも夏樹のファンを中心に、まなみバッシングが始まっていた。

ようやく電話に出た葛西の声は高揚していた。

「ごめん、あの敏腕広告マンておまえか、っていろんな人から電話がかかってきちゃってさ。参ったよ。驚いたな、あの記事！」

「他人事みたいに言わないでよ。仕掛けたのはあなたでしょ？　どういうつもり？　私はすっかり悪者にされているのよ」

「心外だなあ、俺じゃないよ。俺だって正直迷惑してるんだ。これは全部、島田だよ。島田直」

「……夏樹の？」

「そうそう。あの立木文との二股記事も、島田直が書かせたらしい。おまえと青山夏樹を別れさせるために、写真を撮らせたんだ。それでもおまえが別れなかったばかりか、かえって悲劇のヒロインみたいな形で人気になったものだから、相当頭に来てたみたいだよ。だからさ、こないだ偶然俺とのことを知って、格好のネタだと思ったんじゃないかな」

「ひどいわ。ねえ、事務所の人は何て言ってるの」

葛西に紹介されて内々に契約の話を進めようとしている大手芸能プロダクションの反応が気になる。

「ああ、言いにくいけど……こうなっちゃうと、ほとぼりが冷めるまではちょっと難しいと思う」

「えっ？　困るわ！　もう会社にも、辞めるって言っちゃったのよ」

なんとかとりなしてもらえないか。噂はでたらめだと葛西からプロダクション側にちゃんと伝えて欲しいとまなみは強く言った。せっかくうまく運びそうだったのに、ここではしごを外されてはかなわない。でたらめどころか本当のことだからこそ、まなみはなんとしても噂を打ち消したかった。けれどいくら頼んでも、葛西は無理だの一点張りだった。スキャンダルのさなかに下手に動くとかえってよくないと言うのだ。

結局、テレビジャパンのNという女子アナがフリーになるという発表はなかった。あれは、私を焦らせるために葛西がついた嘘だったのかも知れない。まなみは不安を見透かされたのが悔しかった。

このまま会社を辞めるか、辞表を撤回するか。性悪女のレッテルを貼られたままでは、どの道しばらくまともな仕事は来ないだろう。

結婚するのも手かも知れない。まなみはそう考えるようになった。会社を辞めてもすぐには所属事務所が決まらないなら、いっそ葛西と結婚してしまおうか。傍目《はため》には寿退社にも見えるし、条件的にも玉の輿に乗れる。なにより、話題作りにはもってこいだ。しばらくしたら、セレブ妻としてタレント活動もできるだろう。バッシングをやり過ごせば、世間はまたネタを欲しがるものだ。下心で私に近づいて来た男と打算ずくで結婚するのも、悪くない。

祖母が倒れたと連絡があったのは、そんなさなかのことだった。

「仁和まなみ、やっぱりビッチだよね。広告マンとつき合ってフリーとか、えげつないし。そのせいで番組、終わっちゃうんでしょ？　望美ちゃんのキャスター姿、もっと見たかったなあ」

ランチに誘ったのは裕子だ。

「プロデューサーが無能だから、終わって当然よ」

望美は吐き捨てるように言った。

「ねえ、新しいニュース番組って望美ちゃんがメインじゃないの？」

「違うわよ。どうせまた、どこかのオヤジが連れて来たお飾りがやるんでしょ」

「えー、残念。望美ちゃんだったらよかったのになあ」

「やるだけバカバカしいわよ。テレビ作ってる連中なんて皆同じ。女を好きなように使って威張りたいだけなんだから」

望美は精一杯強がった。

このところよく眠れない。仁和まなみとの不仲が報じられてから、母親の干渉が増した。この前は、仁和まなみのゴシップ記事を切り抜いてスクラップブックにまとめたものを送ってきた。

会う人すべてが自分を疎んじている気がする。自分はいつも空回りしているみっともない女だ。会えばいつも持ち上げてくれる裕子ならとランチに出かけてみたが、やはり気持ちは晴れなかった。

裕子は寝物語に不倫相手の邦彦から聞いた滝野ルイの話をしたくてたまらない。まだ誰も知らない大スクープだ。

「ねえねえ、仁和まなみの同期でさあ、滝野ルイっていたじゃない？　覚えてる？」

「ああ、失踪して騒がれた子ね」

「そうそう！　なんか、会社来なくなって、そのあと家出したとか、ワイドショーですごかったでしょ。あの子さあ、今下北沢にいるらしいの」

「へえ」

「それでね、今は男なんだって」

「？」

「だからさあ、おなべって言うの？　女なのに、男の格好しているんだってよ。驚きじゃない？」

「そう……知らなかったわ」

望美はＬＧＢＴの特集を組んで取材したことがある。元女子アナが今は男性の姿で暮らしていると世間が知ったらどうなるかは想像がつく。裕子のような女が言いふらせば、あっという間に噂になるだろう。

どんな子だったかよく思い出せないが、それなりに不安も抱えて暮らしているはずだ。そっとしておいてあげたら、と言うと、裕子は不服そうな顔をした。自分に関係がなくても弱みを抱えた人間を放っておかない輩《やから》がいる。マスコミはその最たるものだという忸怩《じくじ》たる思いが望美の中にはあった。

裕子は、せっかくのスクープを望美に窘められたのが気に食わない。今、滝野ルイがどんな姿でいるのかも知りたかった。音楽イベント班にいたときにつき合いのあったフリーのカメラマンがいる。確か、写真週刊誌にも出入りしているはずだ。望美と別れたあと、裕子はしばし考えてから、アドレス帳をスクロールして、タップした。

佐野アリサは、下北沢のルイのいる店へと急いでいた。今からどうしても会いたいと時間を作ってもらったのだ。人目のある場所は避けたいと言ったら、店の休憩室でよければとルイが言ってくれた。裏口から入ると、パイプ椅子が置かれた狭い部屋でルイが缶コーヒーを手に待っていた。

アリサはマスクとサングラスを外し、帽子を脱いだ。

「急にごめんなさい。時間を作ってくれて有り難う」

「大丈夫です。佐野さん、何かあったんですか？」

ルイはアリサの勢いに気圧《けお》されている。アリサは座るなり話し始めた。

「この前のお店で、誰かに見られたみたいなの。それで、さっきアナウンス部から連絡があって、ネットで噂になっているって」

スマートフォンの画面を開いてルイに見せる。

「私が、若い男の子と不倫をしているって、会話の内容まで。誰かが書き込んで、騒ぎになっているの」

不安と怒りで声が震えた。

「……僕と、仁和さんのことを話しているときのやりとりですね」

「そうなの、誤解なのよ。この書き方じゃ、まるで私があなたに執着して問いつめているみたいな、まるで……つき合っているみたいな印象を与えるわ。このままじゃ週刊誌の記事になっちゃう。困るの。娘のお教室受験もあるのよ」

「誰か心当たりは？」

「ないわ。店員かも。とにかく、すぐに誤解を解かないといけないの。滝野さん、協力してくれる？」

「僕にできることなら」

ルイはアリサの言葉を待った。

「僕は滝野ルイです、って名乗り出て欲しいの」

アリサは番号の書かれたメモを取り出した。

「テレビ太陽の広報担当者の携帯と、アナウンス部長の連絡先よ。今すぐ二人に連絡して、会見を開いてもらいましょう」

「えっ⁉　それは……」

「お願い！　私と娘の将来がかかってるのよ。あなたが失踪した滝野ルイだと名乗り出てくれれば、誤解は解けるわ。それしか方法がないの。頼むから、私の言う通りにして」

アリサは発信ボタンを押すと、呼び出し音の鳴っている電話をルイに差し出した。

ルイは電話を受け取ると、通話を切ってアリサに戻した。

「すみません。それは、ちょっと無理です」

「滝野さん、わかって。幼児教室の先生やママ友の耳に噂が入ったら、取り返しがつかないのよ」

アリサは引き下がるわけにはいかない。それに、どうせ東京に戻って来たら身元がばれるのは時間の問題だろうから、この際ルイの口から、自分は元女子アナの滝野ルイですと言ってしまえばいいのだ。

「ねえ、誤解されるとあなたにも迷惑がかかるし、話が大きくなるかも知れないわ。いっそあなたが自分のことをちゃんと説明すれば、あなたにとってもいいと思うの」

「説明って、誰にですか」

ルイの眼差しが険しくなった。

「もちろん、世の中によ。いつマスコミに見つかるかとびくびくしているよりも、あなたの選択した生き方を胸を張って公言すれば、きっと共感する人は多いはずだわ。あなたと同じ悩みを抱えている人を、勇気づけると思うの。私も応援する。

実は、愛を幼児教室に入れたら、仕事に復帰しようと思っているの。ニュースの特集企画であなたのことを取材して、放送しようと思う。その中で、あなたがなぜその生き方を選択したのかをちゃんと語ってもらうわ。あの食事は、そのための取材だと言えばいいわ」

素晴らしい思いつきだ。ルイのためにもなるし、自分の手柄にもなる。アリサは、本当にルイを助けたくてこのことを思いついたような気がした。ハンドタオルで鼻に浮いた汗を拭う。ベビー用洗剤の柔らかな香りは、大事な愛の匂いだ。何でも持っている女の子にしてあげる。栄泉学院付属上がりで、ママはニュースキャスターだ。

「あの食事は、取材ですか？」

「だからその、私が若い男と痴話喧嘩をしていたって……つまり不倫をしているとかいうでたらめな噂を打ち消すためには、そう言った方が説得力があるでしょう？」

言いながら、アリサは耳が熱くなる。

「僕が、元女子アナの滝野ルイですってカメラの前で言えば、その誤解は解けるんですか？」

「もちろんよ。私は番組の取材として、後輩アナウンサーであるあなたの恋愛観を聞いていただけだってことが、ハッキリするもの」

「でも、僕は今〝男〟ですよ」

「…………」

「僕が滝野ルイだって名乗り出たら『佐野アリサは〝元女子アナの〟若い男と不倫してる』って言われて、かえって話が面白くなるだけです」

「あなたが『佐野さんとは先輩後輩として仕事の話をしていただけです』って言えばいいわ。それに……」

私が知っているのは髪の長い、大人びた美人の新人女子アナだったルイだ。髪を切ってひげを生やしたから男だと急に言われても実感が湧かないし、手術をしたわけではないのだから、まだ女じゃないか。アリサは納得がいかない。私と娘の人生がかかった大問題なのに、ルイは自分の生き方にこだわって協力してくれないのだ。

「あなたが自分を男だと思っているのは知っているけど、まだ身体も戸籍上も女性なのだから、そこを説明すれば、私たちの間に何かおかしなことがあるとは思われないはずよ」

「それを僕に言わせたいんですか？」

「だってその方があなたも……」

「幼児教室の先生とママ友に、佐野さんが直接話せばいいじゃないですか」

「それじゃ信じてもらえないわ！」

アリサは、タオルを握りしめた手をテーブルに叩きつけた。子どものいない人にはわからない。娘の人生を、こんなことで台無しにするわけにはいかないのだ。子どもを守る母親の切実さは、産んだことのない女にはわからないだろう。自分のことだけ考えていればいい人には。

「なにも嘘をついてくれって言ってるんじゃないわ。ただ、『僕は滝野ルイです。気持ちは男だけど身体は女です。佐野さんとは先輩後輩として話をしていました』って、それだけ言ってくれればいいの。どうせそのうち知られることだし、全部、ほんとのことでしょ？」

ルイはアリサを見つめている。その目は怒っているけれど、黒く澄んでいて、とてもきれいだ。アリサはルイの美しさが妬ましい。美しい女に生まれついた特権を手放したのに、男になった今だって、美しいことに変わりはない。睫毛の長い、二重の切れ長の目。ああ、ハーフなのに地味だと言われ続けた私の腫れぼったい奥二重と、取り替えてくれないかな。神様は本当に意地悪だ。

初めて会ったとき、アリサはルイの容姿と才能に嫉妬した。若くて知的なルイは、アリサにとって脅威だった。同じ新人の仁和まなみはミスキャンパス出身で注目されていたが、滝野ルイは無名だった。そこでアリサは、アイドル女子アナと比較される地味な女子アナの同志としてルイを一方的に仲間に引き入れ、配下にしたのだ。同志だから、先輩の私のこと、出し抜かないよね？　そうやってルイを牽制《けんせい》したつもりになっていた。

だから、ルイが会社に来なくなったとき、アリサは安堵《あんど》したのだった。ライバルが落伍《らくご》者になったのなら、あとに残るのは同志としての憐憫《れんびん》だけ。ルイに目をかけてやりたいという思いの裏には、戦線離脱した者に対する優越感があった。

「佐野さんと僕が恋愛関係じゃないと証明したいなら、僕が女だと言っても同じことです。同性愛の相手だと言われるだけでしょう。男の格好をした元女子アナとレズ不倫、って書かれるだけですよ。だって、その方が面白いでしょう？　面白い話が本当なんです。誰も事実なんか知りたくない。何でもいいから、面白い話を、聞きたいだけなんです。だったら、僕はこう言います。『佐野アリサは、くそ性格の悪いブスだから、ぜってえヤリたくねえ、ありえねえ！』って。

みんな信じますよ。お嬢さんの幼児教室の先生も、ママ友も、同情してくれると思います。〝元女子アナのおなべに、カメラの前で侮辱されたニュースキャスター〟なんて、前代未聞ですから」

軽いノックとともにドアが開いて、店長が顔を覗かせた。

「すみません。もう終わったんで、すぐ行きます」

ルイはコーヒーの空き缶を手に席を立つと、アリサの分も一緒に後ろのゴミ箱に投げ入れた。

「狭いところで失礼しました。お役に立てなくて申し訳ないです」

頭を下げて出て行ったルイのあとには、タオルを口に当てて震えているアリサが一人残された。

店の裏口から出て狭い非常階段を下りると、外はもう暗くなっていた。通りに背を向けて、アリサは電話を耳に当てた。

「ああ、金井くん？　聞いてると思うけど、滝野さんとのことで、ネットに変なこと書かれちゃって。うん……今日、滝野さんと話したんだけど、ちょっと話が行き違ってしまって、怒っちゃったみたいなの。ねえ、お願いがあるんだけど」

店から出て来た男が、アリサの後ろを通り過ぎてから戻って来た。しばらくうろうろしていたが、アリサが会話を終えたのを見ると、路地を曲がって見えなくなった。

写真週刊誌にルイの写真が掲載されたのは、それから数日後のことだった。

見舞い客用のソファセットと、付き添い家族のための和室がついた広い病室に、仁和家の人々が集まっていた。

まなみの祖母は一族の何もかもを取り仕切っていた。その祖母が倒れたので、今日は父親が慣れない仕切り役をしている。まなみにとっては、母親以外は一切血の繋がらない人人だ。その瓜二つの母親とも、16歳のときから、父を巡ってライバル関係になっている。

見慣れない男が一人いる。先妻の子である姉の里子の婚約者だという。虫の知らせがあったのか、祖母は今年に入ってから病院の後継者を決めると言い出して、可愛がっている孫の里子に婿をとると決めた。話がまとまった相手は、神奈川県内でいくつも病院を経営する医者一族の次男。アメリカでの研究を終えて帰国したばかりだ。学歴も申し分ないと祖母は喜んだ。

ところが肝心の里子が、パイロットの昇格試験を前に、今は結婚どころではないと言い始めた。結婚は延期して欲しいと言って聞かない。それでは面子が立たないと祖母は憤慨し、里子を説得しようとしていた矢先の出来事だった。風呂で倒れているのを見つけたのは、タオルを持って行った母だ。

「里子さんは責任を感じているようだけど、内心ほっとしているんじゃないかしら。これでしばらくは縁談の話は棚上げですものね。今日も、大事なお仕事があるから夜まで来られないんですって。あんなに可愛がってもらったのにね」

懐かない先妻の子をまなみの母は「さん」づけで呼ぶ。里子は祖母の威光を借りて、継母《まま》を母《はは》をバカにするようなことを平気で口にした。後妻とその娘を溺愛する仁和耕造は、そんな女たちの諍《いさか》いを知っていたが、見て見ぬふりを決め込んだ。

祖母が決めた先妻は、やはり医者一族の娘で優秀だったが、美形が好きなこの男には退屈だった。妻は里子が12歳のとき、交通事故で急逝した。1年後、耕造は以前から関係のあったまなみの母を迎え入れた。娘のまなみは6歳だった。

まなみを産んですぐに離婚し、看護師をして生計を立てていたまなみの母は病院でも有名な美人で、院長のお気に入りだった。

一周忌を済ませたばかりなのに、愛人を格上げしてと陰口を叩かれたが、母娘はその美しさで仁和家の人々を圧倒した。色黒でいかつく、頬骨が高く突き出た仁和家の女たちは、愛くるしい顔立ちで細身ながらも肉感的な体つきをしたこの母娘のそばにいると、まるで土から掘り出した木偶《でく》のようだった。

姉の里子も、勉強は抜群にできるが祖母に生き写しの仁和家正統の容貌で、パイロットの制服を着ると幅広の大きな顔が帽子からはみ出して不格好だった。まなみは、あまり滑稽なので本人を前に笑ってしまったことがある。ブスの男装なんて、ほんと、悪夢だわ。

よくも見合いを受けたものだと男を改めて眺めてみれば、背が高く鼻筋が通って、派手さはないが上品に整った顔立ちをしている。婚約はしたものの、まだ仁和家には入っていないのにもかかわらずこの場に呼ばれたのは、祖母のよほどのお気に入りだからだろう。陰気でひねくれた里子の婿養子になろうというのは、おそらく実家の病院経営の戦略と、当人が女に不自由しないことを自認しているからだ。結婚しても、この先いくらでもいい女を抱けると見込んでいるのだろう。姉よりも3つ年下ということは、まなみとは4つ違いだ。いくら打算とは言え、おそらくまだ処女であろう里子を抱こうというのだから、なかなか奇特な男だとまなみは男をつぶさに観察する。セックスなんかじゃ、何も失いやしないのは女も同じだけれど。

　まなみは男が売店に行くと言って病室を出たあとに、電話がかかってきたふりをして廊下に出た。レジ袋を手に戻って来た男は、まなみに気付くと、律儀に頭を下げて挨拶をした。

「平木淳《あつし》です。妹さんですよね。よろしくお願いします」

　まなみは拍子抜けした。人々がまなみを前にすると必ず示す、あの居心地の悪そうな、好奇心丸出しの反応がまるでなかったからだ。

「里子の妹の、仁和まなみです。テレビ太陽でアナウンサーをしています」

　こんな自己紹介、久しぶりだ。今ではわざわざ言わなくたって、相手が知っているのが当たり前になっていた。もうすぐ辞めてしまう会社だけど、自己紹介では社名がものを言う。ほら、見たことあるでしょ。にこっと笑って、男が気付くのを待った。

「へえ、すごいなあ。妹さんがアナウンサーだなんて、聞いてなかったよ。でも僕は長くアメリカにいたので、最近の日本のテレビがよくわからないんです。すみません」

　祖母がまなみのことを詳しく話さなかったのは当然だ。男は女子アナと聞けばそちらに関心を持ってしまう。縁談の席では、ただ妹がいるとしか、平木は聞かされていなかったのだろう。

歯並びのいい笑顔で手を差し出した平木の長い指は、別れた夏樹に少し似ていた。

「まだお兄様とお呼びするのも変だから、あっくんって呼んでもいいですか？」

まなみは両手で平木の手を包むと、茶目っ気たっぷりに笑ってみせた。

祖母の容態が急変したのは、その日の夜のことだった。里子が病室に着いたときには、すでに意識はなかった。

通夜の席で、まなみは何度か平木の視線を感じたが応じなかった。葬儀を済ませたあと、精進落としの席で里子が席を立った隙に、さりげなく近くに行って耳打ちした。

「あっくん、こんど仁和家のいろいろを聞かせてあげるね」

連絡先を書いたメモをそっと渡して顔を上げると、父がこちらをじっと見ている。まなみは、父に目で問う。私、この人と結婚したら、ずっとパパのそばにいられるわよ？　平木は、伏せた目の端で、まなみの視線を辿っていた。

まなみが実家を離れたのは、父の寵愛を恣《ほしいまま》にする彼女を疎ましく思う姉や母から離れたかったからだ。けれど、もしもまなみが平木と結婚して病院を継ぐと言ったら、きっと父は喜ぶだろう。執着している義理の娘を、ずっと手元に置いておくことができるのだから。まなみも、婿養子をとって父の跡を継げば、母や姉よりも立場は上になる。父を巡る順位争いの不動の首位を、権力に変えることができるのだ。それを阻む祖母は、もういない。

　まなみの照準は、すでに葛西から平木に移っていた。里子が席に戻って来たとき、勘のいい平木のそろばんも、早くも計算を終えていた。

　祖母のお骨をリビングの祭壇に安置して、一家で母の淹《い》れた紅茶を飲んでいるとき、姉の里子はまなみに言った。

「久々に顔を見せたのに、何か言うことはないの？……今に始まったことじゃないけど、あんたは仁和家の恥よ。あんな風にあちこちに書き立てられて、おばあちゃまがどれほどお辛かったかわかる？　あんたがあんな仕事をしているから、パパのお名前まで週刊誌に書き立てられて。病院の信用にも関わるじゃない」

　里子は父親をちらりと見たが、仁和耕造はヘレンドのティーカップを片手に、聞こえないふりをして新聞を読んでいる。

「母親もそうやって世渡りした女だから、あんたも男漁《あさ》りがやめられないんだろうけど、どれほど迷惑をかけているか、自覚してよね。私もＣＡにいろいろ噂されて、大迷惑だわ。まずはそこに手をついて、おばあちゃまに謝りなさいよ」

　まなみは笑みを浮かべて言い返した。

「芸能ニュースなんて、みんな嘘よ。わざわざ私のニュースを検索して調べているの？　それじゃゴシップ好きのＣＡと同じね」

「失礼ね。知りたくなくたって耳に入ってくるのよ。そういう連中の話題になるような身内を持った身にもなって！　何でもいいから目立ちたいあんたみたいな女と違って、私は人の命を預かるパイロットよ。どれほど努力して今の立場を手に入れたか、あんたにはわからないでしょう。でき損ないの身内の芸能ゴシップなんかに巻き込まれて、ここまで築き上げた社内での信用に傷がつくなんて我慢ならないわ」

「私と違ってブスだって書かれるのが嫌なんでしょ」

「まなみ！」

母が窘めるがまなみは聞かない。

「そんなに私が羨ましい？　羨ましいでしょうね。私は美人だからパパに拾われたし、美人だからパパに一番愛されてるし、美人だから性格と頭が悪くても有名になれたんだものね？　あなたが何回１００点とったって、パパはたいして喜ばなかったけど、私が髪を切っただけで、パパは何枚も私の写真を撮ったのよ。何枚も、何枚も。ほんと、美人に生まれてよかった。ママに感謝だわ」

パン、とまなみの頬が鳴った。

「やめなさい、まなみ」

母親に打たれた頰を押さえてまなみは立ち上がる。

「ママだって私のことが妬ましいんでしょ？　知ってるわ。パパは若くてきれいな女が大好きだから、ママより私を可愛がるのよね。ママは前よりきれいじゃないし、もうおばあさんだもの。意地悪なおばあちゃまがいなくなってほっとしているんでしょうけど、ママだってずいぶん私に意地悪したじゃない。お弁当に揚げ物ばっかり詰めて、ださい服しか着せなかったでしょ？　ニキビができたときにも、放っておけば治ると言って皮膚科にも行かせてくれなかった。パパが私の写真を撮っていると知って、悔しかったんでしょ？　お気に入りのモデルの座を奪われたのが許せなかったのよね。娘なのに、邪魔だったの？　私がそれに気付いていないとでも思ってた？」

「私をどう決めつけようとまなみの勝手だけど、パパのことをそんな風に言うのはやめなさい。失礼よ」

夫を庇うよき妻を演じたって、たいした報いは期待できないのに。母は惨めだとまなみは思った。

3人ともバカみたい。私たち女全員で、知らん顔で新聞を読んでいるこの男に取り入ろうと聞こえよがしの喧嘩をしている。みんなパパに構って欲しい、みんなこの男に見捨てられるのが怖いのだ。

仁和耕造は、そんな状況が嬉しくてたまらない。ハーレムの真ん中で、女たちが自分を巡って浅ましい小競り合いをしているのを見るのは愉快だった。

好色な耕造は今も若い愛人を囲っているが、やはり一番関心を引かれるのは、禁忌を破るスリルを味わえる関係だ。血の繋がらない、若く美しい娘。あと少しというところで妻に見とがめられて以来、耕造のまなみへの執着は増すばかりだった。

まなみは姉に言った。

「平木さんを頂戴。私、彼と結婚するわ」

獲物を目の前で屠られる父は、ますますまなみから離れられなくなるだろう。どれほど歪んだ欲望でも、その支配者になればそこは安住の地だ。それ以外に、まなみは世界と繋がる方法を知らなかった。

「佐野さん、こんなやり方しか思いつかないんですか？　最低ですよ！」

金井は軽蔑を込めてアリサを睨みつけた。週刊誌に、滝野ルイの写真が載ったのだ。

〝前代未聞！　下北沢でショップ店員をしているイケメンは、実は失踪した「女子アナ」

だった！　育休中の佐野アナと噂になった若い男は、元後輩女子アナ・滝野ルイだと判明。失踪の果ての衝撃の転身……彼女に何があったのか？〟

ルイとの会食を不倫だと書き立てられて焦ったアリサが、ルイの正体を雑誌に垂れ込んだのだろうと金井は激怒している。だが、これはただの最悪の偶然なのだ。アリサは誤解を解こうと必死だった。

「誓って言うけど、私はこんな写真が出ることを一切知らなかったし、もちろん滝野さんのことは、夫以外の誰にも言っていないわ。滝野さんに、世間に対して私との会食のことを説明して欲しいとはお願いしたけれど、断られたからって雑誌に垂れ込むなんて、そんな下品なこと……」

「滝野がどれほどショックを受けているかわかりますか？　佐野さんを信じて話したのに、こんな風にネタにされて」

「だから、そんなひどいことするわけないでしょ？　今日だって、滝野さんに失礼なお願いをして怒らせてしまったことを金井くんになんとかして欲しくて会う約束をしたのよ。なんでこんな記事が出たのか、私にもわからないわ。誰がこんなことしたのか」

必死に弁明するアリサを見て、金井はしばし考えていた。

「旦那さんに話したんですよね？」

「そうよ」

「旦那さんがそれを誰かに話すことは？」

「ないと思う。噂話に興味がない人だし、滝野さんのこともよく覚えていなかったみたいだもの」

「そうですか。佐野さんでもなく、旦那さんでもないとするなら、この話を外に漏らしたのは……たぶん野元裕子さんですよ」

「……野元さん？　って事業部の？　私、彼女に滝野さんのことなんか話してないわ。つき合いもないし」

なぜ金井が唐突に野元裕子の名前を出したのかアリサにはわからない。

「佐野さん、もしかして知らないんですか？」

金井は気の毒そうな顔をした。

「僕ら派遣の庶務はみんな知ってますけど、事業部の村上さんと部下の野元裕子さんは、ずいぶん前からつき合ってますよ」

「つき合ってる……？」

アリサは夫が浮気をしているなんて一度も疑ったことはなかった。しかも、私と同期の野元裕子と？

「もう何年も前からです。職場では公然の秘密っていう感じで、なにかと理由を作っては一緒に出張したがるって、すごく評判が悪いです。野元さんは職場でもかなり露骨に愛情表現するし、周りはどん引きですけど、お構いなしで」

最近、邦彦はヨーロッパのオペラの招致で忙しくなったと言っていた。時差があるから会社に遅くまで残って連絡をとらなくてはならないとか、フランス人の舞台監督は妥協しないから通訳を交えて朝までディスカッションをするのだとか、セットの打ち合わせは徹夜が常識とか言っては、夜中過ぎに帰ったりビジネスホテルに泊まることが多かった。もしかして、あれは浮気の隠蔽工作だったのか？　だとしたらすっかり信じていた私はなんて間抜けな女だろう。

「彼は、オペラの招致の担当になったから出張や深夜残業が増えたって……」

「なんですかそれ」

金井は失笑した。

「僕、事業部の庶務の子と仲いいですけど、村上さんは娘の具合が悪いと言って、しょっちゅう早く帰っているそうですよ。まあ、子ども向けイベント担当だから実際そんなに忙しくないみたいですけど、イクメンのふりして早く帰ったくせに、野元さんとホテルで飯食ってるの見られてますからね。顰蹙《ひんしゅく》を買っているみたいです」

娘の愛の具合が悪いと嘘をついて、裕子と会っていた？　この前、実際に愛が高熱を出した夜には、ヨーロッパとの連絡で手が離せないと言って帰って来なかった。私がどれほど心細い思いで愛の小さな熱い身体を抱いて夜を明かしたと思っているのか。そのとき邦彦は、裕子と浮気していたのか……華やかな仕事の担当になったと嘘をついて私を喜ばせておいて、まんまと遊んでいたのだ。その上、愛を理由にして部下とのセックスに現《うつつ》を抜かしていたなんて、愛を汚したのと同じことだ。

顔色を変えて黙り込んだアリサを見て、金井は後悔したようだった。

「知らなくてもいいことでしたね。すみません。でも、もしあの写真を垂れ込んだのが佐野さんじゃないとすると、たぶん村上さんから話を聞いた野元裕子がやったんでしょうね」

「彼女が、何のために？」

「さあ。でも、たいした理由なんてなくても、誰かがひどい目に遭うのを面白がる人間なんていくらでもいますから」

私のことも、きっと裕子はさんざん笑っていたのだろう。そんな女に引っかかった邦彦が許せない。だらしないと評判の裕子なんかに、彼はまんまと欲情したのだ。

「滝野さんに、私がやったんじゃないってことをわかって欲しいわ」
「……わかりました。伝えておきます」
金井はアリサの目を見てうなずいた。

掲載されたルイの写真はすぐに騒ぎになった。接客中の姿を隠し撮りしたものだが、端整な横顔や、整えられた口ひげがハッキリと写っている。髪の長い学生時代の写真と入社直後の社内報の写真がそれに並んでいた。アナウンサーだった頃のルイを知る人はほとんどいないが、あの失踪した美人が今はひげを生やした男性として暮らしていること、それがまた美形であることが話題となって、にわかファンクラブまでできる人気ぶりだった。下北沢の店には人が押しかけ、ルイの居場所を突き止めようと、小学校の同級生にまで雑誌の記者が聞き込みに回った。

ゴシップサイトを閉じると、まなみはスマートフォンをバッグにしまった。タクシーは街の雑踏を避けて抜け道に入った。夏樹と別れてからは、一人暮らしの自分の部屋に戻っている。退社の事務手続きが終わったら、部屋を解約しよう。平木との新生活が始まるのだから。婚約発表は少し延期して、この世間の興奮が落ち着いてからにした方がいい。いい迷惑だ。あの滝野ルイが男性の気持ちを持っていたことも、今東京にいることも知らなかったけれど、こんな形でも元同期のルイが注目を浴びているのが面白くない。一部では、お仕着せの女を演じることをやめて本当の自分らしさを生きることを選んだ勇気ある人みたいに言われているが、そんなのただの落伍者ではないか。人気女子アナになることがどれほど大変か、知らないくせに。まなみには、ルイが賞賛されることは自分が軽んじられることのような気がしてならなかった。

まなみと平木との婚約が決まると、姉の里子は実家を出た。自分から破談にしようとした縁談であるにもかかわらず、妹に婚約者をとられたことはプライドの高い里子には耐えがたかった。パイロットの昇格試験に合格するため、一人暮らしを始めてますます仕事に没頭しようと決めた。

今まで恋をしたこともあるけれど、交際した男はいない。男は皆、信用ならないものだ。見た目のいい女が現れるとすぐに浅ましい本性をむき出しにする。父も、平木もそうだった。

「私と違ってブスだって書かれるのが嫌なんでしょ」

まなみの声が甦《よみがえ》る。ずっとずっと、比べられてきた。遊びに来た里子の友達は皆、まなみを見ると驚嘆の声を上げ、それから気まずそうに話を変えた。高校の文化祭に母がまだ小学生だったまなみを連れて来たときには、学校中の男子が騒然となった。まなみの容姿が人々を引きつけるという以上に、里子の容姿とのギャップが人をあんなに興奮させるのだろうということはすぐにわかった。以来、里子は自分のテリトリーには絶対にまなみを入れないようにしてきたのだ。

それなのに、女性パイロット候補生を航空会社が大々的に打ち出すときに、テレビに映ってしまった。自分からまなみの縄張りに足を踏み入れたようなものだ。やがて共演者がまなみの姉の存在を話題にするようになり、あっという間に里子の映像が探し出されてしまったのだ。そして、もの笑いの種になった。女には無理だと言われながら、血の滲むような思いをしてようやく手にしたチャンスなのに。

私は何も悪くない。一生懸命努力して、夢を叶えただけだ。なのに、どうしてこんな目に遭うのだろう。私の容姿がまなみと全然違うからって、そう、私が美人じゃないからって、こんなに人にバカにされなきゃならないなんて。

幼いときから容姿がコンプレックスだった。見た目のいい女はろくでなしだと祖母に言われて育ったけれど、本当にそうだった。ある日、あの母娘が家に入ってきて、里子の存在は透明になったのだ。励ましてくれるのは祖母だけで、どんなに頑張っても父はよそ者のまなみばかりを可愛がる。優しかった母は、もういない。母が生きていたら、今の私を見てどれほど喜んでくれるだろう。母は、利発そうな里子の目が好きだと言ってくれた。一重まぶたもおひな様みたいで素敵だと、指でそっと撫でてくれたのだ。私はとっくに自分が美人じゃないことに気付いていたけれど、母が言うと本当に素敵な女の子になれたような気がして、嬉しかった。でも父は、母が亡くなってからたった1年であの母娘を家に入れたのだ。

その父への怒りを、里子はまなみ母娘に向けた。あいつらに目がくらまなければ、パパはきっとママと私を大事にしてくれたはずだ。父がただの好色で下衆な男だと認めるよりも、よそ者を攻撃する方が楽だった。男を堕落させる美は悪だ。優秀であることは正義だ。そう信じて努力してきた。だから、私は並の男以上の立場を手に入れることができたのだ。

だけど、もしもこの不格好な頬骨やしつこい吹き出物が明日の朝には消えてなくなっているのなら、どれほどいいだろう。私は何の報いで、この悲しい容姿を引き当てなくてはならなかったのだろうか。里子がどれほど努力しても、その理不尽な生まれつきへの答えは出ないのだった。

買い物に出るのもままならないというので、金井はコンビニの袋を提げてルイの部屋を訪ねた。下北沢から自転車で15分ほどのところにある小さな古い集合住宅の一室は、白壁とフローリング仕様にリノベーションされている。全体にお金をかけずにおしゃれに暮らしているようだが、室内の壁にかけられた自転車はイタリア製だ。東京に出て来て、奮発して買ったのだろう。

8畳ほどのワンルームの隅に置かれたベッドの上で、ルイは毛布をひっかぶって、床に座った金井に背を向けていた。

「なあ滝野、これ以上勝手なことを書かれたり、詮索されたりするぐらいなら、自分できちんと説明した方がいいかも知れない」

金井は言ったが、ルイは答えない。

「東京に来たら、いつかはこういうこともあるかも知れないって、滝野も考えてたでしょ」

金井は、人の形になってじっとしている毛布の固まりに話しかけた。

「滝野が東京に戻るって決めたときに、俺も言ったよね。それでも先輩のチャレンジを応援したいし、東京で働くことは自分の意志でもあるって、滝野は自分で決めた」

福岡で世話になっている店の先輩が東京で店を出すのを手伝いたいと、ルイは戻って来たのだ。

「こうなっちゃったことはほんとに悔しいし、どこかで面白がっているやつのことが死ぬほど憎たらしいけど、何にもしないでいるわけにはいかないよ。なあ、聞いてる?」

「聞いてる」

毛布が起き上がって、中からルイが顔を出した。髪はぐちゃぐちゃだったが、顔つきは意外と落ち着いていた。

「ブログやるとか、どっかの取材に答えるとか、何でもいいけどきちんと自分で話さないと、言われっ放し、書かれっ放しで終わるよ。ファンだとか言って盛り上がっちゃってる人たちもいるんだから、身の回りを詮索されまくることは必至だし、一方的に晒されるだけなんて、悔しいだろ」

「書かせたのは、佐野さんかな」

「話聞いて来たけど、たぶん、違うと思う。あまりにもタイミングが合い過ぎて、俺もはじめは絶対佐野さんだと思ったんだ。でも、本人も狼狽してたよ。彼女は優等生気取りで身勝手なところがあるけど、こういう具体的な行動に出られる人ではないと思うんだよね。だからその分、いろいろうじうじ溜め込んで、暗いんだと思う。写真のことで滝野に誤解されたくないってテンパってた」

「ふうん」

「俺の読みでは、旦那がセフレに喋ったっぽい。同じテレビ太陽の女なんだけど。そいつが面白がって言いふらしたのかも知れないね」

ルイは起き上がってベッドに腰掛けた。

「みんなが聞きたいのは、僕についてのほんとのことじゃなくて、面白い話でしょ。気持ち悪いとか可哀想とか言いながら、翌日職場で盛り上がるような」

金井はうなずいた。

「そうだよ。残念ながら、その通り。だったら、いっそプロの手を借りて一番面白くて本当の話をした方がいいんじゃないかって俺は思う」

ルイは仕方なしに笑った。

「プロの手ですか」

「店には、モード誌のインタビューからバラエティーの告白番組まで問い合わせがいっぱい来てるらしいよ」

「売れっ子だな、僕」

「だな。じゃ俺、滝野のマネージャーやるよ」

「タレントじゃないんだし、食べていけないよ」

「そんときはバイトするさ」

笑いながらコーヒーを淹れに立った金井だが、立浪望美から取材の打診が来ていることをルイにどうやって伝えようか考えあぐねていた。

目をかけてくれていた長谷川報道局長は、新番組のメインキャスターに元宝塚女優を据えて望美の期待を裏切った。それだけでなく、ぜひ優秀な君にメインキャスターの蓮あすかのサポートに入って欲しいと、その新番組のチーフディレクターを打診してきたのだ。仁和まなみやら蓮あすかやら、お飾り女のご機嫌取りに男は余念がない。ちょっとでも長谷川に期待した自分がバカだった。望美は無神経な打診に苦笑したが、ここで受けておけばまた長谷川に恩を売れるという計算も働いた。どこかでまだ起死回生を諦めきれない自分がいる。いつか自分のニュース番組を持ちたいのだ。

それに、チーフディレクターとして局長直々の起用で現場に入れば、大きな権限が持てることは魅力的だった。前の番組でまだ実現していない企画もあるし、なにより望美は現場が好きだった。

ルイの騒動が持ち上がったとき、新番組の特集で滝野ルイに密着しようと望美は思いついた。ちょうど、東京で国際的なＬＧＢＴのイベントがある。世界のＬＧＢＴ事情と日本の現状を伝える中で、ルイを紹介したら話題になるのではないか。いわゆるおネエタレントが市民権を得る一方で、女性の身体を持って生まれた人が男性として生きることに対する世間の拒絶感はまだまだ強い。その裏には、そもそも男性優位社会において「男を降りて女になる」ことは笑いになっても、「女が男に成り上がる」のは受け入れがたいからではないか、あるいは女性に対する母性神話の否定に繋がるからではないかと望美は考えていた。ルイを取材することで、そうした日本社会の偏狭な価値観をあぶり出したいと思ったのだ。ルイに関する記事を読んだ社内の男たちの反応が露骨だったことも動機の一つだ。

「うちの局アナだったんだろ。どんな子だっけ?」

「研修で一度現場に来たかなあ……仁和まなみの方が話題だったからな。でも昔の写真見ると、結構エロいな」

「もったいないよなあ、おっぱい大きそうだし。ちゃんと見とけばよかったよ。にしても、引くよな。ひげだもん。女子アナが男に転身って、どうしたいのよって感じだよな」

「いや正直、おなべはきついわ。イケメンとか言って盛り上がっている女も痛いし」

望美はルイに密着することで、男たちの差別意識をえぐり出してやりたかった。女を見た目で判断して、すぐにセックスに結びつける連中の本音を。私もそうやって差別されてきた。美人だなんだと言っているうちは目をかけるくせに、こちらが実力で男の領域に入るとたちまち怖《お》じ気づいたり、迫害しにかかる。男の領域は排他的で独善的な互助会なのだ。だけど、私はそれに媚びて甘い汁を吸う女なんかじゃない。正当に評価されたいのだ。自分がそうやって無意識に男に権威づけをしていることに望美は気付いていない。ルイへの共感も、果敢に男の権威社会にエントリーし、認められようとする自分を無意識に重ねているのだった。だから正攻法で男から評価されようとしない女が目障りでならないのだ。従順なふりをして、男を籠絡する堕落した女たちは許せない。理想化した男への信仰が、望美の女嫌いの源だった。

今日はドレスの採寸だった。女優が挙ってウェディングドレスを注文する有名デザイナーのサロンは、VIP専用で寛げる。まなみは出されたハーブティーを飲みながらスマートフォンを確認した。葛西から、メールが来ていた。

大手広告代理店に勤務する葛西にそそのかされてテレビ太陽を辞めることにしたまなみだが、結局のところは弱みにつけ込まれて騙された形になった。落ち目になるのを恐れて焦ったことを悔やんだが、「ウィークエンド6」の終了と同時に退社することになったまなみは、平木との結婚を電撃発表することで落ちぶれたイメージを回避することができると踏んでいた。

葛西との熱愛報道なんてなかったような顔をしていれば、世間はすぐに忘れてしまう。婿をとって実家の病院を継ぐというのも手堅くて好印象だろう。相手は大きな病院グループの経営者の一族だ。きっと披露宴の様子も注目される。特注のウェディングドレスのあとには、何色のドレスを着ようかな。


——久しぶり！　元気にしてる？

また会いたいね。連絡ください。

まなみの可愛い写真を見つけたので送ります。


添付されていたのは、バスローブ姿で鏡に向かっているまなみの後ろ姿だった。いつ撮られたのか、記憶にない。

鏡には、ドライヤーをかけているまなみが映っている。襟元が緩んで、丸い胸の膨らみが覗いていた。

2枚目は、かがんでブラをつけているまなみ。形のいいへその下の小さなレースの下着には、わずかに残した陰毛が透けている。胸の谷間とうつむいた顔がハッキリと写っていた。

もしかしたら、他にも写真があるかも知れない。もっときわどいものがあったらどうしよう。葛西は、どういうつもりでこれを送ってきたのか。婚約発表のタイミングでこんな写真を流されたら、せっかくのニュースが台無しだ。動悸《どうき》が激しくなる。

「仁和さま、お見積もりがあがりました」

サロンの担当者が声をかけた。慌てて画面を閉じると、まなみは咄嗟に笑顔を作って席を立った。


金井から望美に連絡があったのは、ルイへの取材を打診してから2週間ほど経ってからだった。

「打ち合わせの段階から参加して、納得のいく内容にできるのならと言っています」

勝手なことはさせないという気持ちは金井にもあった。お涙頂戴のドラマ仕立てにされたり、大げさなヒーローにまつり上げられたりするのは許せない。ただ、ルイの納得するような形で説明できればとは思う。

「以前にもLGBTの特集シリーズを作ったことがあるんだけど、今回東京で開かれるイベントは国際的にも注目度が高いから、しっかり取材しようと思っているの。イベントそのものだけでなくて、世界と日本の現状をね」

望美は自信ありげに続けた。

「まだまだ閉鎖的な日本では、滝野さんの生き方は一つの勇気ある選択だし、ぜひ取り上げたいの。ご協力頂けて嬉しいわ。では、改めて滝野さんとの打ち合わせを設定しましょう」

「あの……滝野には、誰が密着するんですか」

金井はおずおずと尋ねた。

「会社の意向では、リポーターは、メインキャスターの蓮あすかにしたいらしいんだけど」

望美は苦々しげにつぶやいた。

「でも、私が絶対に却下するから。全部台本の棒読みで、リポートなんてできやしない。とても見られたものじゃないわ」

「あの……」

金井は思い切って切り出した。

「リポーターは、佐野アリサさんでお願いできませんか」

「佐野!?」

「はい、あの、滝野が希望しているんです。知らない人は嫌だけど、佐野さんなら新人のときにお世話になったからって。佐野さんは、滝野の事情もよく知っています。お願いします！」

頭を下げた金井を、望美は呆れて眺めていた。蓮あすかよりはマシだけど、佐野じゃあまりにも地味だろう。それに今佐野は、育休中ではなかったか？　金井には、検討するとだけ答えて帰した。まずは、蓮あすかをどうやって外すかだ。お飾りの女優なんて、スタジオに座ってうなずいていればいいのだ。だが、長谷川がごり押ししてくるのは目に見えている。望美は腕組みをして、しばし考え込んでいた。


ようやく寝息を立て始めた愛をベビーベッドに下ろして、アリサは両肩をぐるぐると回した。抱っこし続けて、背中がすっかり固まってしまった。いっぱいになったおむつ入れの中身をゴミ袋に移そうと蓋を開けると、むっとする臭気が部屋に広がった。袋の口をきつく縛ると息を詰めてベランダに出す。明日の朝、忘れずにゴミ置き場まで運ばないと。キッチンの換気扇を回して、バスルームに向かう。ブザーが鳴って、乾燥機が止まったのを知らせた。狭い廊下を挟んだ寝室にいる愛を起こさないように静かに衣類を取り出すと、リビングのテーブルに広げて、温かいうちにシワを伸ばしながら畳む。これをしまったら、キッチンの汚れた皿を食洗機に入れよう。

8時には寝かしつけが終わっていなきゃいけないのに、もう10時だ。愛はこのところ寝つきが悪い。成長に伴って脳が刺激に敏感になっているのだろうか、ちょっとした物音や振動で目を覚ましては泣くのだ。溜まった家事に手がつけられないまま、すっかり重くなった愛を抱いて家の中を歩き回るのは毎晩のことだった。

育児休業中に読もうと買い込んだ何冊もの分厚い本が、手つかずのまま積んである。家事と育児だけなら時間はいくらでもあるだろうから、勉強して何か資格をとるのもいいかも知れないと思っていた。ところが育児に追われて、勉強どころか月に一度の美容室に行くのすらままならない。予約した日に愛が熱を出してしまい、当日キャンセルをして予約を取り直した日に、また愛がお腹を下したりする。カラーリングが追いつかず、頭頂部から5センチ近くも地毛の色になってしまった。毛先は色素が抜けて赤茶けている。欠かさず行っていたネイルサロンもすっかりご無沙汰だった。

邦彦は帰りが遅いので、アリサはいつも愛と二人きりで風呂に入る。ベビー用のバスチェアに座らせていても愛は身をよじらせて椅子ごとひっくり返りそうになるので、目が離せない。のんびり半身浴しながら本を読んでいた妊娠中が懐かしい。

いっそお腹から出て来なければよかったのに。カンガルーみたいに、手ぶらで育児できたらなあとアリサは夢想する。そうしたら、もっとスマートで絵になる子育てができるだろう。

バスルームの鏡に、所帯染みた裸が映る。出産して半年以上も経つのに、腹のたるみがとれない。愛に吸われて伸びた乳首は、猿の乳首みたいに垂れ下がっている。乳輪の黒ずみも完全には戻らない。Cカップだった胸は、授乳しているうちにしぼんだ気がする。こんな身体では、邦彦も興醒めだろう。授乳中は性欲が減退するとは聞いていたけれど、妊娠中からセックスが汚らわしいものに思えて、アリサはもう1年以上も邦彦と触れ合っていない。

つい裕子の裸を想像してしまう。だらしなくて肉感的なあの身体を、邦彦は今夜も味わっているのかな。動きながら、きれいだって褒めるのかな。自慢の大きな胸は張りがあって、先端は淡い色をしているのだろう。邦彦とつき合っている頃、彼の部屋で見つけたDVDは巨乳ロリコンものだった。男友達が置いていったものだと言っていたけれど、本当だろうか。そう言えば裕子は30代半ばの女にしては幼い、頭の悪そうな顔をしている。

昔つき合っていた男に、ハーフなのに胸のサイズが普通で、意外だと言われたことがある。ハーフなのに英語が喋れない、ハーフなのに顔が日本風、ハーフなのにスタイルが平凡。雑誌やテレビで活躍するハーフモデルと、比べないで欲しい。西洋人から見たら平凡な容姿のくせに、珍しさを売りに美人気取りのあの連中を、ハーフの標準だと思って欲しくない。私はガイジンに弱い日本人につけ込んで世渡りする女たちとは違って、小さい頃から真面目に勉強して、大学で専門的な国文学の知識を身につけた実力で、今の立ち場を手にしたのだ。だけど就職試験でも言われた。ハーフなのに、日本語に詳しいんですねって。

見た目以外の美点で私を評価してくれたのが、邦彦だった。同期入社の華やかな売れっ子たちと比べて地味だと評されて傷ついていた私に、「君の声は素晴らしい」って繰り返し言ってくれた。子ども向けの朗読イベントの収録現場で、私たちはいつも一緒だった。邦彦は、君の声でないと伝わらないものがあると絶賛してくれたのだ。生まれ持った声質のよさと、天性の朗読のセンス、それに深い知性の裏打ちがあってあの声が出せるのだと、まだ大学を出たばかりの私を一人のプロとして扱ってくれた。

バラエティー番組の制作部が花形とされているテレビ局で、事業部の子ども向けイベント担当という仕事をしている邦彦にはむしろ好感が持てた。アリサは、自分を起用しない番組制作部の男たちを軽蔑していた。ちゃらちゃらした女をちやほやする、軽薄な男たちだ。彼らが見下している地味な部署でも腐ることなく仕事をしている邦彦は、知的で誠実な人物に思えた。よく見れば顔立ちも整っているし、実家も世田谷の開業医だ。交際し始めて3年あまりでプロポーズされたとき、結婚を躊躇《ためら》う理由はなかった。

浮気するなんて、思わなかった。そんなことする人じゃないと思っていた。なのに、部下の野元裕子とセックスしていたんだ。私の同期だって知っているよね？　二人はずいぶん前からつき合っているって金井は言っていたけど、一体いつからだろう。愛が生まれてからも、下手な嘘をついてまで会っていたなんて、私がずっと断っていたから？

それとも、私がみすぼらしいからかな。

こういうときは、どうすればいいのだろう。男の人にはよくあることよね、って火遊びが終わるのを待てばいいのだろうか。それとも相手の女に直接連絡して、別れろって迫ればいいのか。裕子を訴えれば、きっと勝てる。だけど、週刊誌に騒がれて恥をかくのは私だ。愛の将来にも傷がつく。そういうことをこれっぽっちも考えないで、裕子の身体に目がくらんだ邦彦の浅はかさが許せない。そんなバカな男だったのだ。

涙が止まらない。こんなところで赤ん坊と二人きりの私は惨めだ。ばさばさの髪と剝げたネイルと、崩れた身体で家事に追われている私はみっともない。育児雑誌でにっこりと笑うママタレたちが今の私を見たら、ダメな女だと思うんだろうな。ママだってきれい、が当たり前なのだから。

畳み終えた洗濯物をしまう。浮気しているのがわかってから、邦彦のものは別に洗っている。汚れた食器も服も、邦彦のものには素手では触らない。裕子の唾液や体液が混じっている気がするからだ。そんなものに触った手で愛を抱きたくない。そうだ、邦彦の汚れ物を洗濯機に入れないと。アリサは緑色のゴム手袋をつけ、洗面所の邦彦用の衣類かごから洗濯槽に中身をぶちまけると、素早く蓋を閉めた。多めに洗剤を入れて、40℃の念入りコースで洗う。

浮気していると聞かされても、どうしたらいいのかわからない。愛がいるし、二世帯住宅の新築話も持ち上がっている。愛を栄泉学院幼稚園に入れるには、家庭不和ではまずい。ここで事を荒立てたら、収拾がつかないだろう。

そのことで頭がいっぱいでおかしくなりそうなのに、アリサはまだ邦彦を問いただせないでいた。妻の冷淡な態度は育児疲れのせいだろうと、邦彦はたいして気にも留めていない。

愛が泣き声を上げた。慌てて手袋を外すと、殺菌洗剤で手を洗ってから寝室に行く。愛はベビーベッドの柵から片足を突き出し、顔をぐしょぐしょにして泣いていた。まだ寝ついてから1時間も経っていないのに起きてしまったのは、きっと邦彦の洗濯物を洗ったせいだ。脈絡のないことなのに、アリサは邦彦を呪う。ベッドの柵を下ろし、愛を抱き上げて家の中を歩き回る。邦彦が褒めてくれた柔らかな声で愛に優しく話しかけてあやす。腰が痛い。ぐるぐると狭い家の中を歩き回って30分ほどすると、愛はようやくうとうとし始めた。息を殺してベッドにそっと寝かせ、がたつく柵を苦労して上げてベッドを離れると、またパッと目を開けて火がついたように泣き始めた。

ため息をついて抱き上げると、愛は嫌がって大きく身体を反らした。ごん、と音がして後頭部がベビーベッドの柵に当たった。ひいいとヒステリックに泣き喚《わめ》く愛の声は、まるでアリサがやったと言わんばかりだ。振り上げた小さな手がアリサの頬を直撃した。

「痛い！　なにするのよ！」

アリサは思わず愛を揺さぶる。

「黙りなさい！　うるさい、うるさい、うるさい、うるさい！」

だんだん声が大きくなる。

「私が何したって言うの？　こんなにしてやっても不満？　わがまま言わないで！」

アリサの怒鳴り声に愛はおびえて泣き叫ぶ。自分が悪者にされた気がして、アリサは愛の鼻水だらけの顔を睨みつける。じたばたする愛をそのままバスルームまで連れて行くと、空のバスタブに放り込んでドアを閉めた。電気を消して廊下に出る。ぎゃあああ、と怖がって叫ぶ愛の声が聞こえないように、耳を塞いでしゃがみ込んだ。

こんなはずじゃなかった。ニュースキャスターとして実績を築いた佐野アリサは、子どもを産んでさらに輝くはずだった。落ち目になったから仁和まなみにメインキャスターの座を奪われたのではなく、幸せになるために、自分から座を降りたのだ。そして女たちが欲しがるものをすべて手にした佐野アリサは、仕事も育児も完璧な女性として復帰するはずだった。

勉強ができるから、家事も育児も簡単だろうと思っていた。仕事との両立に苦労するのは要領の悪い女たちで、生放送の情報整理で鍛えられた私なら、仕事と育児の両立なんて簡単だろう。そう信じていた。なのに実際は、赤ん坊一人抱えただけで、ゆっくり本も読めない。一日中振り回されて、自分のことに構う時間もなく、理不尽な要求に果てしなくつき合わされるのだ。

その上、ネットではルイと不倫しているなんてデマを流され、ママ友からの連絡は絶えた。関わりを持ちたくないと思われたのだろう。ニュースも見ないような女たちに軽蔑されたなんて、我慢ならない。私は努力している。人一倍熱心に育児書を精読して、できることはすべてやっている。優秀な母親だ。なのに、愛は寝ないのだ。

私が無能だからか？　それとも、愛がバカだからか。きっとそうだ。聞き分けのない頭の悪い子どもだから、私の努力が報われないのだ。たぶん邦彦に似たのだろう。

邦彦は幼稚園から栄泉学院の一貫教育で大学まで出たけれど、それは親のコネがあったから叶っただけで、本人の努力じゃない。もしも邦彦が優秀なら医学部に進んで、医師である父親の跡を継げたはずだ。テレビ局の中でも日の当たらない部署に回されたのは、きっと人事が仕事のできないやつだと判断したからだろう。親の敷いたレールに乗っただけのマザコン男なのだ。

そうだ、私が妊娠したときに邦彦が家中の明かりを青白い蛍光色からオレンジ色に変えたのも、愛という名前がいいと言ったのも、全部姑の入れ知恵だった。姑の希望で二世帯住宅の話が出たときにも、私に相談もせずおおよその話を決めてきてしまった。未だに母親に甘えているのだ。

私は、マザコン浮気男と結婚した惨めな女。こんな聞き分けのない子どもまで産んで、振り回されて、誰にも褒めてもらえない。努力しているのに報われないのだ。アリサは勢いよく立ち上がってバスルームのドアを開けると、暗がりに向かって大声で叫んだ。

「バッカみたい！　あんたたちなんか大っ嫌い！　なんでこうなるのよ！　もういや、いや、いやああああああ」

愛の泣き声と自分の絶叫でバスルームがわんわん震えている。換気扇を通じて上下の部屋に響いているかも知れないが、もうどうでもよかった。のどがちぎれそうになるほど大声で叫ぶ。愛の泣き声なんか、かき消してやる。空のバスタブの中でひっくり返って泣いている愛にぶつけるようにアリサは叫んだ。

「あんたなんかいらない！　うるさい！　消えろ！」

玄関の扉が開く音にも気がつかなかった。肩を摑まれて振り向くと、邦彦がいた。

「どうしたの？　外廊下に響いてるよ」

「触らないで」

「静かにしろよ。近所がびっくりするだろ」

「汚いから触らないでって言ってるでしょ！」

アリサは邦彦から身体を遠ざけて肩を払った。

「なにしてるんだよ、愛ちゃんが泣いてるじゃないか」

邦彦はバスルームの電気をつけて中に入ろうとした。

「やめて、愛に触らないで！」

アリサは絶叫した。邦彦は構わず愛を抱き上げると、汗びっしょりの髪を撫で、背中をさすって落ち着かせようとしている。

アリサはシャワーヘッドを手にとると水栓を開けて、二人に浴びせかけた。

「なにするんだ！　やめろ！　冷たいよ」

邦彦が手をかざすが甲斐《かい》もなく、二人はずぶ濡れになる。アリサは愛の小さな頭めがけて水をかけながら叫んだ。

「愛を洗うの！　あんたに触られた愛を洗ってるの！　放してよ！　今すぐ愛から離れなさい！」

このまま愛が窒息してもいいと思った。そうなればいいと一瞬思った。

邦彦は水栓を締めると、アリサからシャワーヘッドを取り上げた。

「殺す気かよ」

そうだったのかも知れない。窓一つないクリーム色のバスルームの天井から、飛び散ったしずくが雨だれのように落ちる。しゃがみ込んで愛をタオルで拭く邦彦の背中にシャツが濡れて張りついている。どうしてこうなってしまったのだろう。真面目にコツコツ努力すれば幸せになれる、って母は言っていたのに。

ご覧、アリサ。上から垂れるのは鐘乳石《しょうにゅうせき》、下から生えるのは石筍《せきじゅん》。何万年もかけて、上下が繋がれば立派な石柱になるのよ。世の中を支えるのは、そうやってちゃんと努力を重ねた人なの。お母さんも貧しい家で育ったけれど、一生懸命勉強して大学に進んで、お父さんに出会ったのよ。今だってそんなに贅沢はできないけれど、お父さんは大学で教えているし、私も教師という人に誇れる仕事がある。子どもにも恵まれて、とても幸せだわ。

いい？　努力は必ず、報われるの。あなたも努力して、尊敬される人になりなさい。

アリサは、幼い頃に母とよく行った大きな鍾乳洞の、不自然に明るい天井を思い出していた。

第六章

「佐野アリサから、育児休業を早めに切り上げると連絡がありました。もう人事に届けを出したそうです」

「ずいぶん急だな。そう言われても、今のところ提供読みぐらいしか仕事はないぞ」

アナウンス部のデスク会議には、ベテランアナウンサーたちが顔を揃える。年功序列で誰しもいつかは管理職になる。残業代のつかない管理職になると、年収が大幅に下がる者もいる。まだ喋れるのに、どうしてこんな裏方仕事を、と不満に思う者も多い。後輩アナウンサーたちのスケジュール管理をするのだが、管理職だからと割り切ることは難しい。出演者同士の感情的なもつれもあり、若手への嫉妬が、過剰な管理体制へと形を変えることもあった。産休をとったアナウンサーは初めてということもあり、佐野アリサをお荷物扱いする者もいた。

「来月からだろ？　ちょうど庶務の金井くんが辞めるから、次の人が見つかるまで、雑務と電話窓口を佐野に担当させればいい。派遣会社も人繰りがつかないらしいんだよ。と言っても、佐野は育児時間取得とやらで2時間早く帰るらしいから、10時から4時までだな。

そのあと6時までは、デスクの誰かが電話取りをしないと」

「2時間も早く帰れるの？　それで8時間分の給料が出るなんて、結構なご身分ね。デスクはいくら残業しても実入りゼロなのに」

「それにしても、予定より早めに復帰するなんて、もしかして育児ノイローゼかな」

「おいおい、勘弁してくれよ。そんなの面倒見る余裕ないよ」

「しかしまあ、結局あの番組も佐野のあと仁和でこけて、今放送しているのは紀行番組だろ。次のクールからナレーションかなんかで佐野を入れられればいいんだが、今の女優のナレーションが結構評判いいみたいだし、ねじ込もうとしても無理だろうなあ。佐野は実力はあるんだが、現場の需要との兼ね合いもあるしな。あとは、定時ニュースか……」

「いや、子もちで泊まり勤務は厳しいだろう。無理強いもできないし。しばらくは子育てとの両立ができるか様子を見ながらだな。子どもが熱出して急に休まれたりすると思うと今から頭が痛いよ」

「かといって負ぶい紐《ひも》で来られてもねえ」

金井の穴埋めに当分は自分が電話取りをしなくてはならないかもと憂鬱だった幹部たちは内心ほっとして散会した。

会議室にコーヒーを片付けに入った金井は、まだアリサの復帰を知らない。育児休業中のアリサを説得してルイの密着リポーターを引き受けてもらわなくてはと考えていた。金井のポケットには、仕上がったばかりの手作りの名刺が詰まったケースが入っている。まだ配るつもりはないけれど、持ち歩いて慣れておきたかった。

オフィス　ア・ルイ
滝野ルイ担当マネージャー
金井祐人

自分の名刺を持ったのは初めてだ。

もちろん、マネージャーの仕事も経験がない。知り合いに、元タレントマネージャーで今はバーを経営している女性がいる。彼女からいろいろと話を聞いて心構えだけはしているが、あとは当たって砕けろだ。これから滝野ルイがメディアに出るときの窓口になり、スケジュール管理や出演料の交渉もしなくてはならない。先は全く見えないけれど、アナウンス部の庶務の仕事よりも面白そうなのは確かだった。仕事にやりがいなんて求めたことのなかった金井にとって、初めてのことだ。アナウンス部には、庶務の仕事を辞める理由は話していなかった。

早刷りの新聞と雑誌の束をばらして書棚に並べる。大きな見出しが目に入った。

〝仁和まなみ、衝撃のフルヌード写真流出!!〟

それはとてもいい写真だった。いい写真としか言いようがない、隠し撮りにしてはでき過ぎな、実に美しい裸体だった。まなみの醜態を見てやろうとページを繰った者たちですら、そう認めないではいられなかった。それはスキャンダル史に残る写真だったのだ。

窓辺に立って、まなみは笑っている。気持ちよく伸びをしたあとの潤んだ目で、こちらを見ている。薄手のカーテン越しの光に照らされた滑らかな身体。乳房の先端のわずかな赤みと、ほんの一筋残された陰毛の翳り。細身ながらも肉づきのいい裸体は、まるでさっき生まれ落ちたばかりのように清潔で、歓喜に輝いている。

これは、夏樹の部屋で撮った写真だ。初めて泊まった翌朝に、夏樹がデジタル一眼レフで撮ってくれた、たった一枚の記念写真。誰にも見せないと約束したのに。

この先自分が描くどんな女性も、今朝のまなみほどはきれいじゃないだろう。あのとき夏樹はそう言って、私たちはもう一度抱き合ったのだ。それまで会った誰よりもぴったりだった二人。いつも私を隅々まで確かめた、夏樹の大きな手。まなみは週刊誌を閉じると、床に叩きつけた。

こんなことをするのは、島田直しかいない。きっとあのおばさんが夏樹のパソコンを家捜しして、この写真を発見したのだ。掲載されたのは、直の勤める大手出版社の系列の週刊誌だった。よりによって元同期の滝野ルイの男装写真が世間を騒がせているときにこんな全裸写真が出るなんて。ルイの騒動が収まったら平木との婚約を発表しようと思っていたのに、すっかり予定が狂ってしまった。

世間は、同期入社の元女子アナが、それぞれひげ面と全裸になって世間に晒されたことを面白がってさんざん比べるだろう。ただでさえ葛西との熱愛報道で、金に目がくらんで夏樹を捨てた悪女と書き立てられたのに、全裸写真流出となればすっかりふしだらな女の印象が定着してしまう。日本一の人気女子アナ・仁和まなみは、今や見出しにすれば雑誌が売れるスキャンダルの女王になっていた。

まなみはベッドに膝を抱えて座ると、スエット地のワンピースの袖口をきつくかんだ。悲鳴が喉の奥から漏れ出す。学校で母の再婚を揶揄われ「アイジン」というあだ名をつけられたときも、連れ子のくせに生意気だと祖母に定規で叩かれたときも、頭が悪いと姉に罵倒されたときも、こうやって泣くのを我慢してきた。私のせいじゃない。私が悪いんじゃない。誰も助けてくれないから、自力で生き延びてきた。神様にもらったものを最大限使って、居場所を手に入れてきたのだ。それの何がいけない。何が悪い。悲鳴はやがて、ぐううという唸《うな》り声に変わった。私は負けない。あんなブスのおばさんなんかに、人生を台無しにされてたまるか。

拾い上げた週刊誌をもう一度開いて眺める。朝日に照らされた伸びやかな手足と、子鹿のような尻。丸く張りつめた乳房。生菓子をそっと指で押したみたいな小さなへそと柔らかな下腹。陰部の溝まで透けそうな露わな写真ではあるけれど、やはり私はとびきりきれいだ。流出したのがこの写真でよかった。もし掲載されたのが、葛西が送りつけてきた生々しい盗撮写真だったら、もっと安っぽい女に見えただろう。

ノックの音がして、ドアが開いた。

「まなみ、いたのか。もうそろそろマンションを引き払ったらどうだ。平木くんも同居には賛成なんだろう」

仁和耕造は週刊誌を背中に隠したまなみの肩に手を置いて軽く引き寄せた。

「縁談のことは心配するな。先方はちょっとした負債を抱えていて、うちが頼みの綱なんだ。こんなことで破談を言い出したりはしない。私からもよく謝っておくよ」

「ご迷惑をかけてごめんなさい、パパ。今日は式のことでママと少し相談があって来たの。明日は朝早いから、もう帰るわ」

まなみは耕造の手をそっと払うと立ち上がって、にこっと笑った。

「そうか。残念だな」

「次はゆっくりしていくから」

部屋を出るときに耕造は振り返ると、ノブに手をかけたまなみの耳元に囁いた。

「いい写真だな。今度は、パパに撮らせてくれよ」


「やるよねえ、仁和まなみ」

野元裕子はランチセットのキッシュをフォークで突きながら、上目遣いで望美を見た。

望美はリブアイステーキを手際よく切り刻んでいる。美人が刃物で力一杯肉を切っているのはなんだか怖い。裕子は背筋を伸ばすと、神妙な顔でキッシュを頬張った。

「話題作りでしょ。誰の入れ知恵だか」

望美は言い捨てると、クレソンを器用に折り畳んで口に入れた。裕子はとれかけの睫毛エクステが風で飛ばされるのではないかと心配になり、慌ててサングラスをかけた。

「滝野ルイもすっかりえぐい感じになっちゃってて驚きだけどさ、なんか急に注目されちゃって可哀想だよねえ。それで刺激されたのかなあ、仁和まなみ。あの二人、同期だもんね」

「まあね。仁和も飽きられて焦ってるんでしょ」

「だよねえ。でもさあ、いきなりフルヌード流出って、やばくない？　もうなりふり構わないっていうか。女子アナ生命終わりだよねえ」

裕子はキッシュの生地からしみ出したオリーブオイルでてかてかになった唇をぺろりと舐めた。口角がわずかに上がっているのでいつも唇がぷっくりとめくれ上がっているように見える。なるほど、これがエロいと評判のアヒル口ね、と望美は冷ややかに検分する。

今日も裕子は胸元が大きく開いた白いモヘアのワンピースを着ている。太った女が絶対に着ちゃいけない服だ。二の腕の内側が脇腹に擦れて細かい毛玉ができているのが薄汚いが、これがまたヤレそうでいい感じなのだろう。あの口でいろいろして欲しくなるわけだ、アホな男どもは。

望美は肉をひとかけら口に入れて少し味わうと、スパークリングウォーターで流し込んだ。

「逆よ。起死回生の策でしょ」

ちゃんと四字熟語を理解しただろうか。密かに観察すると、裕子はサングラス越しに望美を見つめながら、口をモゴモゴさせて食べかすを舐めとっている。

「終わりかけた仁和まなみが、あの写真で生き返るのよ」

念のため易しく言い換える。

「バイブ持ったおねだり写真が流出したり、太もも丸出しの車中キスで不倫がばれた女子アナたちが、それっきり消えてる？　むしろ逆じゃない。スキャンダルで名前を売って、結局はその後おいしいポジションで稼ぎまくってる。恥ずかしげもなくキャスターを名乗ってるわよ。結局は起用するのは男でしょ。エロくて、なんだかんだみんなが見たがる女が欲しいのよ。テレビってそういう世界なの。見世物小屋よ」

逃げるクレソンを突き刺した望美のフォークの先がキンと皿を鳴らす。

「えぇー、じゃあ仁和まなみもそのうちまたニュースとかやっちゃうのかなあ。すごいギャラもらったりして」

裕子はとぼけて望美の反応を窺う。自分だってちやほやされたいくせに。私と同じ、女子アナ落第組だもんね。そんなにキャスターやりたいなら、あんたも裸になって、ギスギスした肋骨《あばらぼね》でも晒せばいい。もう長いこと誰にも触ってもらっていない干涸《ひから》びた身体なんて、目も当てられないだろうけど。

「さあね。興味ないわ」

望美は横を向くと、髪をほどいてタバコを取り出した。ほーら顔色変えちゃって、笑える。期待通りの反応に満足すると、一本頂戴、と裕子は甘えた。もう少し、望美が苛立つ顔が見たい。

「なんかねえ、佐野アリサが復帰するみたいだよ」

昨夜、邦彦から聞いたのだ。いつものように騎乗位で果てたあと、裕子の胸に顔を埋めて甘えながら、ヨメが仕事に戻るらしいから今後社内ではいろいろ気をつけよう、とつぶやいた。社内でべたべたするなって言いたいんだろうけど、給湯室レベルではとっくに噂になっている。夫婦揃って鈍感なのだからおめでたい。

「ほんと？　それ誰に聞いた？」

望美がとたんに険しい顔つきになる。

「うーん、ちょっと噂で」

予想以上の反応が嬉しい。

「なに、派遣の金井？」

「あ、わかんないけどなんか、そういうことみたい」

「金井じゃないの？　なら誰よ」

妙にしつこい。派遣社員の名前なんて知らないし。

「……村上さん」

「村上？　佐野の旦那？」

「うん。つき合ってるんだ、私」

望美の目が丸くなって、そのあとぎゅうっと細くなった。

「なにそれ聞いてない。いつから？」

「まだ彼が独身だった頃から」

裕子は少し得意だった。女子アナの旦那を横取りしてるの、私。もう何年も。

「ふーん。だからあんた、滝野ルイの事情知ってたんだ」

さすがに東大出は頭の回転が速い。あれ、これって話しちゃってよかったのかな、と裕子は少し混乱する。でもどうせもう社内で邦彦とのことは噂になっているのだから、望美の耳に入るのも時間の問題だろう。

「彼ね、夫婦の会話もぜーんぶ私に話すの」

「で？　なんで復帰するのよ」

「育児ノイローゼなんだって」

「ふうん。来月からってこと？」

「そうみたいだよ」

金井だ。きっと佐野アリサにルイの密着リポート話を持ちかけて復帰を勧めたのだろう。勝手に話を進められてはかなわない。望美は注文書を引っ掴むと会計を済ませ、まだ話したそうな裕子を置いて店を出た。


テレビ太陽の社屋の裏に、小さな古い喫茶店がある。昔は打ち合わせ場所の定番だったようだが、今は誰も使う人はいない。壁に貼られた黄ばんだサイン色紙は、他界した俳優や知らない名前ばかりだ。金井は体が沈み込む湿気《しけ》た椅子に座ると、落ち着かない気分でべたつくメニューを繰った。カランカランと扉を鳴らして入ってきた望美は鮮やかなブルーの柄がプリントされたラップドレスにルブタンのヒールで人目を引くが、他に客もいないので気にすることもない。望美はメニューも見ないでコーヒー二つ、と勝手に注文すると、金井を睨みつけてタバコに火をつけた。

「すみません、タバコ苦手なんで」

金井は露骨に顔をしかめた。はっきりものを言うが嫌な感じがしないのがかえって憎たらしいと思いつつ、望美は舌打ちして火をもみ消した。

「あのさ、佐野が来月復帰するって聞いたんだけど」

「ほんとですか？」

金井は驚いて顔を上げた。

「ほんとですかって、知らなかったの？　あなたじゃないの？　復帰しろって言ったの」

「なんで僕が！　違います。今知りました」

「佐野と滝野さんの話はした？」

「いや、まだしてないですけど……」

「しなくていいから。勝手に決められたら困るの。キャスティングはこっちの仕事だから、余計なことをしないで」

「しませんよ、そんなこと」

金井は心外だという顔をした。実はしようと思っていたのだが。

「でも、滝野は佐野さんじゃなきゃ出ないと言ってます。それはほんとです」

「…………」

「立浪さんと佐野さんがあまりそりが合わないのはなんとなくわかりますけど、滝野の気持ちもわかってやってください。カメラの前で自分のことを話すわけですから」

望美はムッとして考え込んでいる。

「あ、今さらですけど」

金井はごそごそとバッグを探った。

「僕の名刺です」

ぺらぺらの手作りだと一目でわかる。

「一応これ、最初の一枚です」

思わず吹き出して腕組みをほどくと、望美は名刺を受け取った。

「改めまして、金井と申します」

「知ってるわよ。どうも、立浪です」

望美も名刺を渡す。金井は律儀に肩をすぼめて受け取った。

「マネージャー?」

「はい。今月いっぱいで派遣事務辞めるんで、まあ一応、これからは自称・滝野のマネージャーです」

「ふうん。そもそもあなたはなんで滝野さんと仲いいの?」

「なんでって、まあ話が合うというか、悩み相談されたのがきっかけで。そういうの僕、多いんですけど」

「だろうね」

「そう思います？」

「思うわよ。なんか話しやすそうだし」

「さっきから全然話しやすそうにしてないですけど」

「そんなことないわよ」

「いえ……ずっと機嫌悪そうです」

「そうかしら」

「はい」

金井は名刺をしまうと、悪びれずにまずいコーヒーを飲んでいる。こいつは得体が知れないけれど、それほど悪いやつではなさそうだと望美は思った。佐野アリサの復帰も、たぶん本当に知らなかったのだろう。

「佐野はね、いつもいい子ちゃんでいたいのよ」

「はあ」

「だから密着インタビューなんてできない。相手が嫌がる質問もするのが仕事だからね」

「嫌がる質問は困ります」

金井はマネージャーらしく望美を牽制した。

「嫌なら答えなければいいわ。それが答えになるのがテレビなのよ。でも質問をしなかったら画《え》が撮れない。だから佐野じゃダメなの」

「はあ。じゃあ誰ならいいんですか」

「私がやるわ。滝野さんに伝えて。絶対いいものにするからって」

滝野ルイの話を聞きたい。それは望美の本心だった。数字がとれるとか話題になるという打算も当然あるが、ルイの本音に斬り込んで、自分を排斥してきた男たちに、見たくないものをきっちり見せつけてやりたいという思いがあった。

金井はしばし考えていたが、一度持ち帰りますと言って席を立った。佐野アリサと立浪望美、どちらもめんどくさい感じだが、素人目にも望美の方が手強《てごわ》いのは明らかだ。ルイはどうするだろう。別れ際、高揚している望美とは対照的に、金井の表情は硬かった。

「わかった。立浪さんでもいいよ」

話を聞いて、ルイが意外とあっさり承諾したので金井は拍子抜けした。

「え、いいの？　あの人すっげえキツいよ。鬼みたいだよ」

「佐野さんには会いに行くよ」

「いつ」

「番組で」

「はあ、なるほど」

「あと、仁和さんにも」

「仁和まなみ⁉」

「うん、伝えといて。立浪さんに」

画面を想像して、金井は思わずつぶやいた。

「うわ、地獄絵図」

金井からの連絡を受けて、望美は案の定ものすごく不機嫌になったが、一応検討してみると返答した。

その対面は、もちろん望美も考えていた。今、これ以上の見ものはないだろう。だがどの時点でルイにその話を切り出すか、思案していたのだ。こんなことを自分から言ってくるとは、やはりルイは手応えがある。佐野はともかく、あとは仁和が出演を承諾するかどうかだ。もし実現したら、大きな話題になるのは間違いない。


翌日、スポーツ紙が一面で報じたまなみの婚約スクープを見て、望美は凍りついた。ホテルでの披露宴の打ち合わせを終えて笑顔で出て来た二人の写真が大きく載っている。

〝日本中の男が悶絶《もんぜつ》したあの衝撃のフルヌード！　奇跡のボディで男を虜《とりこ》にする仁和まなみを射止めたなんとも羨ましい人物は、医療法人・Q会の会長・平木幸三郎氏の次男・平木淳氏（32）。東大医学部卒で、アメリカで先端医療を学んで帰国したばかりという、気鋭のイケメンドクターだ〟

望美はトイレに駆け込むと、何度も吐いた。胃が空っぽになっても、痙攣《けいれん》が収まらない。震える手で冷や汗を拭って、便座に座る。たくし上げたスカートから、引き攣《つ》れた傷跡のついた太ももが覗いた。

あの男が帰って来ていた。虫一匹殺さないような善人面して、まんまと上玉を手に入れたのだ。望美は、傷跡を冷えきった指でそっとなぞった。

最初は優しい男だった。知り合った頃はまだお互いに学生で、同じサークルの先輩後輩だった。就職が内定したばかりの4年生の望美が出席した新入生歓迎コンパで、1年生の平木の方から声をかけてきた。

僕、家が病院なんで医者になれって言われてるんですけど、ほんとはジャーナリストに憧れてるんです。先輩、テレビ太陽に決まったなんて、すごいですね。

まだ内定しただけなのにすっかり記者気取りだった望美は、それからしばらく平木とジャーナリズム論などを闘わせて意気投合し、酒の勢いも手伝って関係を持った。初めてだったんです、と終わってから平木は言った。僕、夢だったんです。アナウンサーとか、キャスターとつき合うの。みんなの憧れの人を自分だけのものにするって、男として最高の名誉だと思う。望美さん、きっと有名な記者になってくださいね。絶対なれますよ。僕、信じてます。

幼さゆえの妄言だと思った。それを可愛いと思える自分の成熟が嬉しくて、初めての年下の恋人に望美は溺れた。何を話しても平木は目を輝かせて聞いてくれる。初めて知った性愛に無我夢中になる様子もいとおしかった。つき合って1年経ち、望美が働き始めると、ちょっと出張に行くだけでも寂しいと言って本気で拗《す》ねた。平木の崇拝を一身に受けて、望美は女神になったような万能感で満たされた。

平木が5年生に進んだ頃から、望美の仕事は猛烈に忙しくなった。文字通りの夜討ち朝駆けで粘って、駆け出しにもかかわらず次々と要人の重要発言を引き出した。望美の聞き出した証言が結果として大臣を辞任に追い込んだこともあった。あるとき全国紙の一面トップ記事で、詰めかけた記者団に進退を問われる閣僚の隣りに写った望美の美貌が話題となり、スポーツ紙で「あの若い美人記者は誰?」と特集が組まれた。全国ニュースの顔出しリポートも増え、将来の看板キャスター候補と言われるようになった。

その頃から平木は望美となかなか会えないことに苛立ち、わずかな時間を作って会いに行くとひどく詰《なじ》り、行為の最中に痣《あざ》ができるほど荒々しく摑んだり、興奮して殴るようになった。望美は嗜虐《しぎゃく》的なプレイが好きではなかったし、平木の目つきにはどこか尋常ならざるものがあったので、次第に恐怖を感じるようになった。口論も増え、激昂した平木が手をあげるのが常態化した。けれど、最後には涙ながらに乱暴を詫びるのを見ると、結局望美も平木から離れがたくなってしまうのだった。今思えば、完全な共依存だ。平木は典型的なDV男だったのだ。平木の束縛と暴力に耐えかねて、ついに望美が一切の連絡を絶った数日後、テレビ太陽の政治部に匿名のファクスが届いた。根も葉もない望美の性的中傷だった。男たちが飛びついたのも無理はない。

あの男が、仁和まなみと婚約した。望美は震えながら、迷っていた。まなみに伝えるべきだろうか。敵意と良心のせめぎ合いに、望美はじっと目を凝らしていた。


久々に歩く報道フロアの活気にアリサは高揚した。顔馴染みの記者は、皆取材に出ていた。若いスタッフがバタバタとアリサの横をすり抜ける。みんな夕方のニュースの準備で忙しいんだな、とアリサは急に寂しくなる。休んでいる間に「佐野アリサは終わった」って思われたのかも。なんとかして、早く画面に復帰したい。

アナウンス部に戻ると、机にメモがあった。報道局の立浪望美さんから電話あり。連絡くださいとのこと。わざわざ、何の用だろう？「復帰しても出番なんてないのに、いつまで給料もらい続ける気？」とあの女は言ったのだ。局長に取り入ってちゃっかり特集キャスターの座につき、仁和まなみをダシにして有名になった嫌な女。もしかしてこの先、私じゃなくて、望美がメインをやるようになるのかな。

「おい、誰か出ろよ！」

幹部の声で電話の音に気がついた。慌てて受話器をとると、報道局のディレクターからだった。

「デスクいない？　じゃあ、Tアナのスケジュールを知りたいって伝えて」

入社5年目のTはアメリカの大学で政治学を学んだ才媛で、母親はイギリス人だ。もう報道から声がかかるのか。伝言メモを貼りつけながら、アリサは不安でたまらなくなる。これがこの先の私の日常になるかも知れない。後輩への仕事の発注電話を取り続ける毎日。そんな屈辱にはとても耐えられない。

望美からの連絡は仕事の話だろうか。あんな女にも期待をしてしまう自分が情けない。

アリサは、壁際の姿見にこっそり身体を映してみる。今日のために奮発した真新しいベージュのスーツは、タイトスカートの下腹がポッコリと出て、深い座りジワが刻まれていた。

テレビ太陽の会議室で、望美は初めて滝野ルイと話した。今どきの華奢《きやしや》な男の子。もう少し背が高かったら、完璧だったのにと思う。少しコロンをつけているのもいい。好感の持てる雰囲気だった。女子アナだった頃は覚えていないが、きっと整った美人だったろう。

望美は笑顔で切り出した。

「佐野アリサの件は、こちらで調整がつきましたので大丈夫です。問題は仁和まなみなんですが、上層部が何と言うか。彼女、スキャンダル続きですから。実現するよう動いてみますが、もう少し待ってください」

「わかりました。有り難うございます」

落ち着いたいい声をしている。こうなる前はどんな声だったのだろう。女であることを嫌悪する気持ちは、私にもわかる気がする。私は女が嫌い。女に生まれた自分が嫌い。でもだからと言って、自分を男だと思ったことはない。じゃあ私は、一体何になりたいのだろう？

もしかしたら、自分が滝野ルイに興味を持つのは、自身と折り合いがつかないしんどさを、一方的に彼に重ねているからかも知れない。自分とルイの苦しみは全く違うものなのに、彼を我が身と同一視してまつり上げたいだけなんじゃないだろうか。

だけど、と望美は思い直す。あなたがあなたであってはならないと言われることの苦しみは同じだ。ただそこにいていいと言われたいと願うのは、誰しも同じではないだろうか。彼によって自分を語ることは、彼の苦しみを冒瀆《ぼうとく》することではないと思う。それが自分の驕《おご》りや甘えなのか、誠実な共感なのかを確かめたくて、望美はやはりルイと話してみたいと強く思うのだった。

打ち合わせを終えてルイと金井を乗せたエレベーターを見送ると、望美は鏡面仕上げの扉に映った自分のシルエットを眺めた。金をかけて手入れした引き締まった身体。けれど私は一度だって、自分を好きになったことがない。どこまで手をかけても、自分の中に居心地のいい場所を見つけることができないのだ。逃げても逃げても、うるさくダメ出しをし続ける内なる声が止《や》むことはない。

仁和まなみを嫌いだったのも、あの女が存分に自らを愛しているのが、妬ましかったからだ。どんなに醜態を晒しても、仁和まなみは悪びれなかったし、やっぱりほんとにきれいだった。無視したくても、見ないではいられなかった。どうして私は、あんな風にはなれないんだろう。望美はまなみを前にして、卑屈な自分を思い知るのが辛かった。

昨日も母から電話があった。仁和アナ、あんなことがあっても結婚ですってね。やっぱり男の人は、美人が好きなのよ。あなたもいつまでも選《よ》り好みしていると、いい人は若い子にとられてしまうわよ。女は愛されてこそ幸せ。目の下にクマを作って働く人生なんて、惨めだわ。

ママ、比べないで欲しい。私をそばにいる誰かと比べ続けないで。この身体から逃げられない私を、そこにいていいよって、許して欲しい。

まなみに平木のことを話すべきだろうか。あのことがきっかけで、番組でも何度かDVを取り上げた。その作業はとても辛かったけれど、自分と同じ思いをしている女性たちを放っておくわけにはいかなかった。だったらまなみにだって、その男は危険だって、教えるべきではないのか。

女は愛されてこそ幸せ……私、仁和まなみに負けたのかな。

望美は扉から離れると、追いかけてくる母の声を叩き消すように、足早にヒールを鳴らして部屋に戻った。

まなみからは、一度話を聞かせて欲しいと返答があった。来週、近くのホテルのラウンジにある個室で会うことにする。

うまくいきそうだ。番組の冒頭でルイが佐野アリサを訪ね、新人女子アナ時代の葛藤と、失踪中にどうしていたかを話す。そのあと望美が密着して、ルイの家族の話を掘り下げる。性同一性障害の悩みと、母娘の確執、病気の後遺症で重度の障害を持つ姉への複雑な思い、罪悪感。家族との断絶。母親のために姉の身代わりをせざるを得なかったルイの孤独と、自分の生きたいように生きると決断するに至るまでを聞き出す。

男であることも自分自身であることも禁じられたルイが、やがて母や姉の現実と向き合い、自立していくまでの軌跡。励まし支えてくれた福岡の仲間、東京での新しい挑戦。マスコミに騒がれて、カメラの前に立つと決めた心境。同じ悩みを抱えた人へのエール。そして、かつて同期アナとして一緒にスタート地点に立った仁和まなみとの再会、それぞれの人生の選択。明日への希望を胸に、再び東京の雑踏に足を踏み出すルイ……いい番組になる。きっと話題になるだろう。望美の胸は期待に高鳴った。

予約しておいたヘアサロンに向かう途中、長谷川から電話があった。最近の人事異動で、報道局長から取締役に昇格し、報道統括の役員になった。上機嫌のはずだが、声色が険しい。

「どういうことだ。プロデューサーから聞いたぞ。あすかをリポートに出したくないと言ったそうだな。大きな特集のリポートは、毎回必ずメインの蓮あすかでと言っただろう。ちゃんと取材をしたいという本人の希望でもあるんだ」

お気に入りの元タカラジェンヌをニュースキャスターに、か。望美は苦笑する。

「今回はテーマがセンシティブなので、知識と経験のあるリポーターがいいかと」

「それで君がやるのか？　この番組では君はキャスターじゃない。裏方が出しゃばるのはみっともないぞ。元・夢組のトップスター、蓮あすかだから話題になるんだ。彼女に技術がないならサポートしてやってくれよ。そのために君をあの番組につけたんだ」

タクシーの窓に打ちつける雨粒が長く尾を引いて流れていく。方向指示器の湿気た音が車内の空気を刻む。もう、こんな話にはうんざりだ。

「人気女優に形だけリポートさせて、ドキュメンタリーでございなんて、私は反対です。仁和まなみでもよくわかったじゃないですか。話題の人物をニュースのメインに据えて人目を引けばいいというのは、制作者の怠慢です。長谷川さんも、本当は公私混同だとわかっていますよね。こんなの、番組の私物化ですよ」

雨の音が激しくなる。長谷川が黙っているので不安になる。わかってくれるはずだ。私を高く評価してくれた人なのだから。

「……君にはがっかりだな。言葉は悪いが、君のような平凡な女性記者が伝えるのと、蓮あすかのようなスターが伝えるのとでは、全然違う。ただそこにいるだけで輝く人の力を、テレビ屋がわからなくてどうするんだ。どんなに勉強したって、それは手に入らないんだぞ？　何千人、何万人に一人にしか与えられない、神様からのギフトなんだ。出演者に対して、そういう敬虔《けいけん》な気持ちのない作り手を、僕は信用しない。君がそんな素人だったとは、正直言って深く失望したよ」

「宝塚とニュースは違います！　それに私はテレビ屋なんかじゃない、ジャーナリストです！」

「そうか。なら、自分の筆一本で食べていったらどうだ。そんなにテレビが嫌いなら、現場を離れた方がお互いのためだろう」

「長谷川さん、私は」

「これから会食なのでもう失礼する。君の考えはよくわかった。僕も考えをまとめるから、あの企画はストップするように」

「話を聞いてください」

「もう十分聞いたよ。それに今だから言うが、男になった元女子アナなんて、誰も見たくない。それこそゲテモノ趣味だ。それにヘアヌードアナをぶつけるというのだから、君もたいがい趣味が悪いな。いい潮時かも知れないよ。では、失礼」

路肩に車を止めていた運転手が、気まずそうに料金を受け取る。サロンの予約時刻はとっくに過ぎていた。土砂降りの中を歩く望美のプライドを、ぐらつくピンヒールが辛うじて支えていた。


数日後、恵比寿の小さな和食店の個室に、立浪望美、佐野アリサ、滝野ルイ、金井祐人が集まった。

乾杯のあと、しばしの雑談を挟むと、望美はこの企画が没になったことを告げ、自分の力不足だと詫びた。とても悔しい。これで終わりたくない。だけど、あの番組ではできなくなった。一同しんとする。

「で、髪を切ったんですね」

金井は、巻き髪をバッサリ切ってボブにした望美を悪くないと思った。

「これは、たまたま」

確かにくさくさしたから短くしたのだけれど、今指摘しなくてもいいじゃないか。望美は不機嫌になった。

「あ、たまたまですか」

首をすくめた金井は、さてどうしたものかとルイを見た。望美はもう一度頭を下げた。

「ごめんなさい、滝野さん。あなたを振り回すことになってしまった」

「大丈夫です。気にしないでください。……髪、似合いますね」

ルイはにこっとした。へえ、笑うとえくぼが出るんだ、と望美は発見する。

「立浪さんとはもっとお話ししたかったので残念ですけど、僕に関心を持っていろいろ考えてくださったのは嬉しかったです。ちょうど新聞の取材依頼が来たので、そこで一通り説明して、しばらくは静かにします。もともと、騒ぎが収まったらまた先輩の店を手伝うつもりでした。僕の騒動のせいか、結構お客さんが来てくれるようになったので、こんど代官山に移るんです。皮肉ですけど、災い転じて、ってやつですね。あとはせっかく金井くんもいるし、そのうちちょこちょこ雑誌に出たり、服の話で連載でも持てたらいいなとは思っているんですけど」

「この話は、違う形で必ず実現するから。そのときはまた改めてお願いします」

望美は頭を下げて、さらさらと落ちた髪を耳にかけた。

望美の隣りに座っているアリサは、望美の失態をいい気味だと思う気持ちと、自分の復帰の場を失ったことへの不安とで心中複雑だった。これで注目されたら、またキャスターの声がかかると思ったのに。髪を切った望美は少し若返った感じがする。アリサは箸を置いて、睫毛のカールが落ちていないか、指先でそっと確かめた。

今日のルイは柔らかそうなブルーグレーのニットを着ている。シンプルな服なのに、なんでいつもおしゃれに見えるんだろう。新人研修の頃のルイも、長い髪に紺のスーツがよく似合っていたなと思い出す。

「この頃、よく勘違いされるんです。『おネエ女子アナだったんでしょ?』『オカマだってばれて、会社辞めたんだよね』って。説明すると、ああ、って黙っちゃう。気を遣われるのも慣れましたけど、FTM(Female to Male/身体的には女性であるが、性自認が男性)ってほんと存在感ないなあ、って悲しくなる。売名行為だってバッシングされたのも悔しかったし」

「ほんとだよ、盗み撮りしたやつ、絶対許さねえ」

金井は腹立たしげに言って、続ける。

「世間は、男になった女子アナに興味はあるけど、どう扱っていいのかわからないんじゃないかな。そんな話、信じられないだろうし。まして、女子アナ萌《も》えみたいな連中にとっては、女子アナとひげとか、あり得ない組み合わせでしょ」

ルイと金井と望美は爆笑しているが、アリサは笑えない。金井の言い方は、女性アナウンサーに対する差別だと思う。

「そんな人ばっかりでもないんじゃない？　金井くん。それに、滝野さんの姿に勇気づけられた人もたくさんいると思うわ」

「もちろん、それはわかってますよ」

金井はアリサの表情から、しまったと反省する。女子アナってワードは佐野さんの地雷なんだよな。

「でも、一般的には滝野のような人は馴染みがないだろうし、アナウンサーも身近な存在じゃないから、いろんな決めつけがあると思うんですよね。女子アナと性同一性障害ってたぶん、対極の存在なんだと思う。だから滝野のことは面白がられもするし、扱いがおっかなびっくりになるんだろうね」

「そう、だからこそちゃんと取材したかったんだよね。身近な感じがしないって、単なる無知よ。無知が偏見を生むわけじゃない？」

そう言ってうなずく望美に、あんたこそアナウンサーへの偏見でいっぱいじゃないか、とアリサは毒づく。この仕事がどんなに大変か、何も知らないくせに。望美の言葉を無視して金井に言う。

「その『女子アナ』って言い方、やめてくれない？　失礼よ」

「あ、すみません」

金井は困ってルイの方を見るが、ルイは興味深そうに二人のやりとりを聞いている。

「僕もいい言葉だとは思っていないんですけど、女性の置かれた立場を表す一つの記号になっていると思うんです。確かに『女子アナ』って言い方には女性をバカにした響きがあるし、美人で優等生の女の子には、実はあざとい女であって欲しいっていう意地悪な期待が込められていると思う。女子アナ＝自分大肯定の最強女子、みたいな。

けどそれって、若くて可愛いいい子ちゃんであれっていう女性全般に対する世間の要求でもあるし、一方でそれで世渡りする女はずるいっていう嫉妬の表れでもあって、矛盾してるけど根が深いと思うんですよね。〝大好きで大嫌いな女子アナ〟、っていう。

だから、そもそも女子アナを目指したのに実は心は男だったっていう滝野の話に納得できない人が多いんだと思います。何がしたかったわけ？　って。滝野としては、いっそビジネスで女装する仕事に就けば、自分も楽になれるかと思ったわけだけど」

「よくわかるわ。すごくわかりやすい。葛藤をコスプレ化することで乗り越えるしかなかったのよね、滝野さんは」

望美が神妙な顔でうなずく。アリサは、耳元にサーッと血が上るのがわかった。金井に食ってかかる。

「私は自分大肯定なんかじゃない。辛い思いもたくさんしてる。言わないだけで、たくさん傷ついてるわ。それに、アナウンサーはコスプレなんかじゃない。上辺だけで務まるようないい加減な仕事じゃないの。あなたは前にも私に、所詮はキャスターごっこだなんて失礼なことを言ったわよね」

グラスを空にして望美が言う。

「今誰もあんたの話なんてしてないわよ。滝野さんは、お姉さんの身代わりとしてお母さんの理想の女子を生きなくちゃならなかった。その行き場のない自分と折り合いをつけるために人生丸ごと女装化するしかないと思ったのよ。わからないの？　すぐに自分を非難されたと思ってひがむの、やめてよね。自意識過剰なのよ。いいよ金井くん、気にしないで。滝野さんも、ごめん。佐野、ちょっと飲み過ぎたみたい」

「それ、どういう意味？」

アリサは望美に向き直った。

「あなたこそひがんでいるじゃない。私にもさんざん嫌がらせしたわよね？　なんでアナウンサーを差別するの？　悔しいから？　採用試験に落ちたから？」

望美の顔色が変わった。

「言いがかりはやめてくれる？　傷ついてるのは自分だけだと思わないで。仁和まなみにメインをとられて悔しいんだろうけど、起用する側から言ったら当然の判断よね。オヤジのお気に入りを座らせとくなら、同じバカでもきれいな方がいいもの」

「最低だわ。よくそんなひどいことが言えるわね。あなたは偽善者よ。社会派のいい人ぶって滝野さんにすり寄って、話題になって手柄を立てたいだけでしょ？　あなたなんかに、人の痛みはわからないわ」

アリサは怒りで涙声になっている。

「偽善者って、どっちがよ。自分だけがひどい目に遭っていて、だから可哀想な人の気持ちがわかるんだっていうその言い方こそ、何様よね」

望美はアリサから顔をそらして冷笑した。金井は頭を抱えている。

ルイがようやく口を開いた。

「僕も、自分が世界一ひどい目に遭っていると思ってました。僕のしんどさなんて誰にもわからないし、わかるなんて、簡単に言われてたまるかって。

だけど、わかって欲しかった。正確に言うと、僕の苦しさはわからなくてもいいから、苦しんでいる僕を認めて欲しかったんです。

確かに、自分の意識と身体が違うなんて感覚、理解できないと思う。そのうち慣れるとか気にし過ぎとか言われたし。どう説明しても、親にさえわかってもらえなかった。親は、僕を気持ち悪がっていました。姉の身代わりをさせたのは、得体の知れない娘をわかりやすい存在にしたかったんだと思う。

けどそもそも、誰も他の人の痛みなんてわからないですよね。痛みは、本人しか体験できない。身体も心も人それぞれ固有のものだし。それが平凡な痛みなのか、すごく特異な痛みなのかなんて、比べられないですよ。傍目に大変そうに見えるかどうかだけで判断するのは、暴力だと思う。

小さいときから性別違和があってこの中で一番大変そうってことになっている僕から見ても、佐野さんも立浪さんも、それに仁和さんも、みんな苦しそうです。けどやっぱり僕にはそれがどんな痛みかはわからない。痛がってるってことだけはわかりますけど。

僕が金井くんに感謝しているのは、悩みを打ち明けたときに、わからないけどわかりたいと言われて、初めて救われたんです。わからないけどそばにいるよ、って、僕は誰かにずっと言って欲しかったんだって気がついたんですよね」

「いい話だなあ」

金井が顔を上げてつぶやいた。

傷ついているのだろうか。私たちみんな。アリサのすすり泣きを聞きながら、望美は仁和まなみの自信に満ちた笑顔を思い出していた。あの子にもそんな夜があるのだろうか。

一人きりで、膝を抱えて泣く夜が。

初めてまなみを知りたいと思った自分に、望美は密かに驚いていた。


待ち合わせのホテルに向かうタクシーは、駅前の坂で夕方の渋滞に巻き込まれた。参ったなあ、月末ですからね、と運転手は申し訳なさそうに言う。お兄さん、お急ぎですか？　ルームミラー越しに目が合ったが、時間に余裕はあるので気にしないでくださいとルイは視線を外した。横断歩道を自転車に乗った子どもたちが渡って行く。ちかちかと点滅する青信号に歓声を上げて走り去る。

自分にもあんな頃があったなとルイは思い出す。家の前の急な登り坂では、高く腰を上げてペダルを漕《こ》いだ。前を行く姉の短いスカートが翻って白い綿の下着が覗く。むき出しの太ももの間を抜けてくる微かに塩気を含んだ風を避けるように、ルイはいつも息を止めて姉を追い抜いた。

フリルやリボンのついた姉のお下がりを着ようとしないルイに、可愛げのない子、と母は言った。母が失望しているのがわかったけれど、どうして自分にそんな格好をさせようとするのか、ルイは納得がいかなかった。幼い頃、姉の命じるままにお医者さんごっこの患者になった。姉とその友達はくすくす笑いながらルイのズボンを脱がせようとしたけれど、何もついていない身体を見られるのが嫌で、ルイは激しく抵抗した。身体をよじった弾みで膝頭が姉の顔に当たり、唇が切れて血が流れた。駆けつけた母はルイの頬を打って、傷が残ったらどうするの、と叫んだ。女の子なのよ、顔にケガなんかしたら取り返しがつかないわ。母に抱きしめられた姉は、芝居がかった泣き声を上げていた。打たれて腫れたルイの頬は、誰にも触れられずに冷えていった。

ある日、男に物陰に連れ込まれた。Tシャツをまくられて、ズボンの中に手を入れられた。耳元で息を荒くする男を振り払って叫んだ。身体には、黒ずんだ指の跡が幾筋も残っていた。風呂場でルイを洗いながら、あんたが油断していたから、と母は責めた。母はルイの柔らかい皮膚が赤くなるまで擦って言った。女の子はね、いつも狙われているの。つけ込まれたあんたが悪いわ。みっともないから、誰にも言っちゃダメよ。

ぼくにちんちんがなかったから？　だからこんなことされたの？　ルイは尋ねた。母は怖い顔をした。二度とそんなことを言わないで。ここ、触られて嫌だったでしょう？　洗ったらヒリヒリするでしょう？　女の子の大切なところなのよ。男の子ごっこなんて、やめて頂戴。バカげてるわ。

朝になったら、違う身体になっていますように。どうか、ズボンの中身が他の子と同じになっていますように。毎晩そう祈りながら寝たけれど、神様には届かなかった。11歳で初潮を迎えたとき、ルイはこの先も自分がすべてを失ったままなのを知った。逞《たくま》しい筋肉や、骨張った関節や、獣めいた陽気な性器は決して手に入らない。一生、このじめじめとした柔らかな肉を、絶えず品定めされる獲物の身体を、生きなくてはならないのだ。

母は赤飯を炊いて、お祝いよ、と言った。これでルイちゃんも立派な女の子ね。おめでとう。

性別適合手術を考えたとき、気付いたら寝たきりの姉の部屋にいた。姉はいつもと同じバラバラな目で虚空を見ていた。身体はやせ細ってねじ曲がり、何も喋れない。なす術《すべ》もなく立っていると、姉の口からよだれがひと筋流れ出て、ゆっくりと青白い首筋を伝い落ちた。すぐに拭うはずの母はそばにいない。動けなかった。姉に近寄るのが怖かった。自分は彼女の身代わりをやめて、逃げたから。姉は低い唸り声を上げて頭を動かすと、あちこちそれながらようやくこちらに視線を定めた。少しすると、すうっと焦点が合った。

そのとき気がついた。こうなる前と同じ姉が、何もかも奪われて、ずっとあのねじけた身体の中にいるのだ。望まぬ身体を生きることになった理不尽さを、言葉もなく、初めて二人は打ち明け合った。ひととき嘆きを共にして、それでも自分の方がもっと苦しいんじゃないかという思いはやはり捨てられず、ただ黙って一緒にいた。顔はもう片や歪んでしまい、片やひげを生やしてしまって、似ても似つかぬ姉妹だったけれど、あのとき確かに、同じ暗渠《あんきょ》を流れる血の音を聞いたのだ。姉はやがて目をつぶって、動かなくなった。ルイは目を覚ましてベッドから起き上がると、手術の計画をやめにした。

仁和まなみはホテルのロビー階に着くと、化粧室で慎重に全身をチェックした。何度も袖口を引っ張る。バングルもしているし、よく見ないとわからない。だけど、話しながら手を上げたり、頬杖《ほおづえ》をついたりしないようにしなきゃ。

夏樹の撮ったまなみの全裸写真が流出してから、葛西からの画像つきのメールが毎日のように送られて来るようになった。鏡越しの胸元のはだけたバスローブ姿のもの、前屈《まえかが》みになってブラをつけているもの。手元にあるのはこの2枚きりなのか、もっとひどいのを温存しているのかはわからない。「記事見たよ」「会いたいな」短い文言に、いつもその2枚が添付されている。日に数度送られて来ることもあった。

葛西が社内の女性への嫌がらせで警察沙汰になり、先月から会社を休職していることは知人から聞いた。それをいつ週刊誌が嗅ぎつけるかとまなみは不安だった。葛西はその女性にも、写真をバラまくと匂わせていたらしい。それが公になったら、かつて交際していた仁和まなみの写真も……と勘ぐられるのは当然だ。警察に相談した方がいいだろうか。でもかえってことが大きくなるかも知れない。眠れない夜が続いた。

昨夜、平木と食事に出かけたときに、着信音を消しておくのを忘れたのがいけなかったのだ。食事の途中で、今着信したメールは誰からか、ここで見せろと平木が言った。帰宅してからねと受け流そうとしたまなみのバッグから平木はスマートフォンを掴み出して、今すぐここで開けて、誰からのメールか確認しろと迫ったのだ。もし葛西からだったら、平木にあの写真を見られてしまう。でもこれで、葛西に脅されて悩んでいることを相談できるかも知れないとも思った。平木の目の前で開封したメールには、あの2枚の写真の下に「またしようよ」という言葉が添えられていた。

手首を掴まれて、椅子から引き摺り下ろされ、突き飛ばされた。まなみの身体が個室の壁に当たった音で店員が様子を見に来たが、酔って立ちくらみがした、となんとか誤魔化した。恐怖で青ざめていたのも、ワインの飲み過ぎだと思われただろう。家に着いて車から降りるなり、車庫の床に蹴り倒された。買ったばかりのブラウスのボタンが引きちぎられ、むき出しのコンクリートが背中に当たった。挙式まで2週間しかないのに、痣ができてしまう。冷たい地面の上で突き上げられるたびに、天井の蛍光灯が眩しい残像を残す。つま先に片方だけ引っかかったルブタンが視界の隅で激しく揺れた。誰も助けてくれないことには慣れている。顔だけは守らなくちゃ。まなみは甘い作り声を上げて、平木にきつくしがみついた。

予定よりも早く店に着いた望美は、よく手入れされた庭の見える個室の椅子に落ち着くと、親友からのメールに手早く返信した。

――週明けに辞表を出します。
荷物は先に送ります。
もちろん、家賃は入れるからね！
しばらくのんびりしたら
来年あたりまた仕事を始めようと思ってます。
詳しくはまた。望美

シンガポールで起業した親友の家でしばらく充電したら、フリーのジャーナリストとして仕事をするつもりだった。語学もできるし、なんとかなるだろう。日本で働くにしても、大学の講師や、ウェブや雑誌での執筆のつてもある。元テレビ太陽記者・キャスターと名乗れば多少の信用は得られるのだから、あの会社にいた十数年も無駄ではなかったということか。

約束よりも5分遅れて現れたまなみは、一層きれいになったように見えた。ボブだった髪を肩まで伸ばしている。ゆったりした白いブラウスにシルクのプリントパンツ。左手の薬指には大粒の真新しいダイヤモンドが光っていた。平木があれを贈ったのかと思うと動悸がする。まず、仕事のことだけを考えよう。望美は事務的に話し始めた。まなみは緊張しているのか、両手を膝に置いて聞いている。

企画の主旨はすでに伝えてあったが、上層部の意図で立ち消えになってしまったことを話すと、望美は頭を下げた。

「ほっとしました。今日は、お断りしようと思って来たので」

まなみは微笑んだ。

「私、2週間後に挙式するんです。その準備で忙しいので、滝野さんの密着取材に協力するのは難しいかと」

「受けるつもりはなかったの？」

「はい。会ってお断りしようと思っていました。ですから、お話自体がなくなって安心しました」

「そう。もしかして、滝野さん、苦手？」

「いえ、そうじゃないです。結婚式がかなり大規模なので、準備が大変なんです」

まなみはにこっと笑うと頬にかかった髪を耳にかけた。細い手首には、大ぶりのバングルが重ねられている。ゆったりとした袖口の奥に覗いた滑らかな白い肌には、葡萄《ぶどう》色の大きな内出血があった。

「それ……どうしたの？　手首、痣になってる」

望美は声の震えを抑えて尋ねた。

「ああ、ちょっと引っ越しのときに転んでしまって」

まなみは袖を引き下ろすと、手を膝の上に戻した。

「平木くん、私よく知っているの」

望美の言葉に、まなみは驚いて顔を上げた。

「彼、ひどいでしょ。昔からなのよ」

「……………」

「つき合ってたの。大学で知り合って。もう10年近く前のことだけどね。私もやられた。別れたあとも、しつこく嫌がらせをされたわ……そんな人に見えないわよね。

あとになって、あれはＤＶだったんだって気がついたの。調べていくうちに、同じ思いをしている女性がたくさんいることを知ったわ。だから番組でも何回も特集して、いろんな専門家の話を聞いた。

あの男とは関わらない方がいい。あなたも、もうわかっているでしょう？」

まなみは膝に置いた手に光る指輪を眺めて黙っている。

「誤解しないで欲しいんだけど、あなたの幸せを妬んで邪魔しようとしているんじゃないのよ。

私とあなたは経歴も、仕事に対する意識も全然違うから、うまが合わないのはあなたもわかっているわね。ずいぶん理不尽なことを言われたと思っているかも知れない。確かにあなたの仕事に対する姿勢や価値観には、正直言って疑問を感じることも多いわ。キツいことを言ったりもしたし、あなたも傷ついただろうけれど、私にとって、仕事は命の次に大事なものだから、妥協はできなかったの。

でも、もう終わった番組のことはどうでもいい。私は人として、暴力に晒されている人を放っておくことはできない。これ以上ひどくなる前に、あなたはあの男から離れるべきよ」

望美はバッグからＤＶに関する資料の本を出すと、まなみの前に置いた。まなみは答えない。望美は立ち上がると窓を背にして立ち、ラップドレスの裾を引き上げた。太ももの引き攣れた傷が露わになると、まなみは目をそらした。

「これで信じてくれる？　ワインボトルで殴られそうになって、逃げたときにやられた傷よ。砕けたボトルでえぐられて、30針縫った」

取材で会えない日が続いて、浮気を疑われたのだ。平木の誕生日を祝うために、望美がホテルの部屋をとって用意したワインだった。急な取材でどうしても現場を離れられず夜中に部屋に着くと、俺をバカにしている、と平木は手がつけられなくなったのだ。

「いい？　すぐに婚約を解消して、離れて。専門家を紹介するわ」

望美は冷たい窓ガラスに背中を押し当てて動悸を鎮めた。呼吸するたびに酸素が薄くなる気がする。目の前に置かれた本の表紙を眺めていたまなみは、顔を上げると笑顔で言った。

「ブライダルブランドのプロデュースをしないかって、言われてるんです」

声を弾ませた。

「夫婦でブランドのイメージキャラクターになるんです。デザインのアイディアも出して欲しいって。海外でも展開するんですって」

人気女性誌やコスメブランドとのコラボの話も来ていると言う。

「来年には最初のコレクションを発表できると思います。ご案内を出しますので、立浪さんもサロンに見に来てくださいね」

望美は啞然《あぜん》としてまなみを見つめた。

まなみはテーブルに乗せた手を見て微笑んだ。

「この打ち身も、彼が一晩中ずっと氷で冷やしてくれたんです……テレビ局に知り合いがいるなんて話、聞いたことありません。人違いだと思います。

滝野さんの取材、お役に立てなくてすみませんでした」

「あなた、下手したら殺されるかも知れないのよ？　体面より命が大事でしょ？」

望美は席を立ったまなみを押しとどめた。ブラウスの生地越しに細い肩が触れる。

「体面じゃないわ」

まなみは身体をかわすと、望美に向き直った。

「自分で選んだの」

立ち去ったまなみを見送る望美の手には、ほのかな温もりが残った。私よりも小柄なあの子は、テレビ画面の中じゃなくて、すぐ隣りに座っていたのだ。私と同じように、追い詰められて。そこが惨めな場所とも知らずに、あの子はしがみついている。

望美は荷物をまとめると部屋を出た。テーブルの上に残された本を送ろうにも、まなみの住所すら知らないことに気付いて、ほっとしている自分がいた。来月からはシンガポールだ。全部忘れよう。こんなこと、もうたくさんだ。

「愛ちゃん、ずっといい子でしたよ」託児所の玄関で、アリサはスタッフからその日の詳しい報告を受けた。離乳食も完食して、お昼寝もしました。うんちも正常です。

腕の中の愛は、上機嫌だ。初めて子どもを託児所に預けて罪悪感でいっぱいのアリサをよそに、ニコニコしている。これから毎朝ここに愛を預けてから仕事に行くのか。胸が締めつけられる。大丈夫、もうすぐ実家の母が上京して来る。そうしたら、病気のときは母が見てくれるし、家事も一人で抱え込まなくていい。

ベビーカーを玄関に引き入れて、リビングの電気をつける。小さな2LDKのこの部屋で、愛との新しい暮らしを始めるのだ。

出て行くと言ったとき、邦彦は「いつまで?」と尋ねた。

「おふくろに何て言えばいいかな」

野元裕子とのことは認めなかった。

「庶務をやってた金井くんから聞いたわ。社内じゃ有名だって。オペラの担当なんて嘘なんでしょ？」

「派遣の男の話なんかを信じるのかよ。そいつと何かあるのか？」

「愛が熱を出したって嘘ついて、彼女とホテルに行ったんでしょ？　ひどいわ」

「でたらめだよ。ヨーロッパとの連絡で帰れないって言っただろ？　被害妄想はやめてくれよ」

「私がこんなに必死に育児をしているのに、あなたはあの女と……よく平気で愛の父親面ができるわね」

「子どもを風呂《ふろ》桶《おけ》に放り込んでほったらかしにしていたのはアリサだろ？　そっちこそ母親失格じゃないか」

戻るのか、離婚するのか、今は先のことはわからない。ずっと優等生で頑張ってきたのに、報われなかった。仕事は若い女にとられ、夫にも裏切られた。こんなに真面目に生きている私を、どうして神様は褒めてくれないのだろう。なぜ、不真面目な連中にばかりよくするのだろう。

愛だけだ。愛だけが私に報いてくれる。あの子を完璧な女の子にするために、私は人生を捧げよう。容姿も才能もチャンスも愛情も何もかも全部持っている女の子。ママありがとう、って喜ぶ顔が見える。神様なんかいらない。愛が、すべてだ。

ロビーの吹き抜けには大きな滝があり、蘭《らん》の花が咲いている。その前で安いスーツを着た金井がきょろきょろしていた。いかにも場違いでルイは思わず笑ってしまう。

「なんで遅れるって連絡しないんだよ！」

金井はルイを見つけると駆け寄って来た。

「まだあと15分あるよ」

シャツのサイズが大き過ぎるな、とルイは金井の襟元を見る。

「作戦会議をしようって言ったじゃないか。変な記事書かれたらどうしようって、いろいろ不安なんだよ……あれ、おまえスーツで来たの？」

「一応」

「そっか、写真撮るんだもんな。ああっ、そういうのマネージャーが事前に確認しなくちゃいけないのか！」

「いいよ気負わなくて」

金井はメール着信の知らせに慌てて画面を開く。

「佐野さんからだ……うわ、別居したって。俺のせいかな。旦那が浮気してるとか、余計なこと言ったから」

「罪作りだな」

「なんだよ、あのときは騒がれてたおまえのことをなんとかしようって必死だったんだぞ」

時間通りに現れた中年の女性記者と名刺を交換して、エレベーターホールに向かう。エレベーターを降りると、長い廊下が続いている。右手にはホテルの美容室とブライダルサロンがある。その先に、会議室が並んでいた。

この新聞のインタビュー欄は定評がある。ひげの元女子アナという見た目の面白さにばかり注目が集まる中、じっくりインタビューをしたいと取材を申し込んでくれたことが有り難かった。ここで全部話そう。ルイはネクタイの結び目を直すと、深呼吸して会議室に入った。


ルイの背中から壁一枚隔てたサロンで、まなみはレンズに向かって微笑んでいた。今日は人気女性誌の密着取材が入っている。披露宴の最終打ち合わせをするまなみと平木の撮影と、インタビューだ。編集者とライターははしゃいで二人を褒めそやす。ほんと、お似合いのカップルですよねえ。美男美女で読者の憧れですぅ。私たちも早く結婚したいなあ。

まなみは幸せいっぱいの笑顔で質問に答える。きっとこの女たちは、取材が終わったら存分に私をこきおろすのだろう。ドレスのブランドのタイアップ記事だから取材したけどさ、やな女だったね、やっぱり美人は性格悪いよねーって、歯並びの悪い口を開けてケーキを頬張りながら言うのだろう。人気者だなんだと持ち上げたって、結局は悪口を言いたくて、こうしてみんな寄って来るのだ。悪口を言われる人生でよかった。背中の痣は隠せばいい。誰からも注目されず、呪いを吐きながら眩しさに眼《め》を細めるだけの惨めな女になるくらいなら、死んだ方がマシだ。

私には、ブスの気持ちがわからない。ブスにも私の気持ちはわからないだろう。

東京の夜景を見下ろす窓に映った自分を、まなみは心底きれいだと思った。

初出　「ＤＲＥＳＳ」２０１３年６月号～２０１５年１月号

小島慶子 *Kojima Keiko*

1972年オーストラリア生まれ。エッセイスト、タレント。学習院大学を卒業後、1995年TBSに入社。アナウンサーとしてテレビ・ラジオに出演。1999年第36回ギャラクシーDJパーソナリティ賞を受賞。2010年退社。テレビ・ラジオ出演、連載多数。著書に『女たちの武装解除』『解縛《げばく》〜しんどい親から自由になる』などがある。

わたしの神様

2015年4月30日　第1刷発行

著者　小島慶子
発行者　見城 徹

発行所　株式会社 幻冬舎
〒151-0051　東京都渋谷区千駄ヶ谷4-9-7
電話　03(5411)6211(編集)
03(5411)6222(営業)
振替　00120-8-767643
印刷・製本所　中央精版印刷株式会社

検印廃止

ISBN978-4-344-02761-9　C0093
幻冬舎ホームページアドレス　http://www.gentosha.co.jp/

この本に関するご意見・ご感想をメールでお寄せいただく場合は、
comment@gentosha.co.jpまで。